論創社

ロートラウト・ハッカーミュラー
Rotraut Hackermüller

平野七濤 Hirano Nanami ……訳

KAFKAS LETZTE JAHRE 1917-1924

病者カフカ

最期の日々の記録

目次

病者カフカ——最期の日々の記録

カフカ最後の写真（1923／24冬）

プロローグ

「ぼくの幸福や能力、なんとか役立てられるあらゆる可能性はもとより文学にある」[1]とフランツ・カフカは一九一一年三月に告白している。どれだけ一途にこの使命感をみずからのうちに感得していたのか——ほぼ一年後、カフカは次のように書いている。
「書くことが自分にとりもっとも実りゆたかな方向だと、ぼくという有機体のなかで明らかになってから、すべてはその一点へと激しく収斂していき、性欲、飲食の楽しみ、哲学的思考や、音楽の享受に向けられるべき能力というものは、ほとんど空っぽになってしまった。これらの方面に対して、ぼくはあまりにも痩せおとろえてしまった。それはどうしようもないことだった。というのも、ぼくの能力は全部合わせてもごくささやかなものであり、それらを集中させてのみ、書くという目的になんとか役立てられるのだから。」[2]
一九一二年九月二二日から翌二三日にかけて、短編小説『判決』を一気に書きあげ、これにより創作の突破口を切り拓いたカフカは、「そのようにしてのみ」[3]書くことが出来ること、「そのような連関においてのみ、そのように身も心も完全に解き放ってのみ」書くことが可能であることを胸の奥深くに確信したのであった。

しかし、書くという自己実現は数多くの障害に阻まれていた。それらの克服には、唯一、闘うことだけが残されていた。抗うべき対象は出生地であるプラハ、家族、職業、女性であり、また、これらすべてのものから生じる神経症的な心の葛藤であった。それらはすべて、彼が患っていた病気の諸症状と密接に結びついていたのである。

一九世紀末、プラハにおいて基調をなしたのは、〈伝統〉と〈未来への期待〉との独特な混淆であった。陽光をたっぷり浴びた百の塔を有する現代《モデルン》プラハは、西ヨーロッパの経済と文化の中枢をになう諸都市と激しく競合する大都会である一方、ゴーレムと神秘的な錬金術師たち――「ルドルフ二世支配のもと、金を造り、霊を呼び出していたルネサンス期のファウストたち」[4]――の館が佇む暗鬱なゲットーを領していた。「世界のどこにも、この都市ほど埋葬されたものが生気を帯び、腐敗に適った町はない」[5]とアントン・クー*1は語った。また、ウルチディル*2は神話と歴史、〈リュートリヒの誓約と刀礼〉、リベラリズムとナショナリズムがせめぎあう高揚した空気のなかでは、「いつ何時、極めてささいなことが――そう、たとえば単なる言葉が、チェコ人とドイツ人がそれをめぐって大喧嘩をする――、この上なく、聖なる財宝に変わることもありえたのだ[6]」と語っている。

橋のたもとの左側の角の家（ニクラス街36）にカフカは1907年から1913年まで住んだ。『判決』と『変身』は、ここで生まれた。ここで彼は、自殺について考えた。「ぼくは、長いこと、窓際に立っていた……橋の上にいる通行料金所職員が、ぼくが飛び込むのを見て驚く、という事態が、いつ起こっても不思議ではなかった。」料金所職員は、右手の柱のところに立っていた

「一匹狼と昼日中の幽霊、そして奇人の出没するこの街(7)」で、カフカの帰属性は絶えず疑問に晒されており、彼はみずからを三重の意味で追放された者と感じていた。すなわちオーストリア人のもとではボヘミア人として、ドイツ人のもとではオーストリア人として、また、キリスト教徒のもとではユダヤ人として――。カフカは、この街に何度か背を向けようと試みた。「でも、プラハは、ぼくを離してくれない。このお袋さんには鉤爪があるのだから(8)」と打ち明けている。

クーは、このようなプラハを、「ドイツ芸術・文学のある種の測候所」と皮肉をこめて名付けた。カフェー・アルコが気圧計の役目を果たし、「いつキリスト教汎神論が覇権を握るのか、いつ表現主義が印象主義にとってかわり、どんな新しい運動が隆盛するのか(9)」が正確に読み取れるというのだ。このカフェーで、カフカはマックス・ブロート、オットー・グロス、フランツ・ヴェルフェル*3、エルンスト・ヴァイス*4といったごく限られた友人たちに存在を認められていたが、その他の人々には名前すら知られることがなかった。

カフカは両親のもとで暮らしていたが、そこでは、文学に携わることの理解はほとんど得られなかった。経済的な成功でも学者としての経歴でもいい、いずれにしても「まともな」職業だけが勧めるに値すると考えていた父親と母親に、息子の気まぐれな性向は理解できなかった。息子は「愚にもつかないことで」両親を悩ませるばかりであった。「『五人のフランクフルト人』のような作品をただの一度でも書くことがあれば」、父親は辛うじて息子を理解したかもしれ

（上）カフェー・アルコ、第一次世界大戦前後におけるプラハのドイツ文学の中心地。ここで特にフランツ・ヴェルフェル、マックス・ブロート、アルフレート・フックス、ヨハネス・ウルチィディル、そしてフランツ・カフカなどが交際しており、カール・クラウスは皮肉で彼らを「アルコノーテン」と呼んだ
（下）カフカの最良の友、マックス・ブロート

ない。だが、『判決』のような得体の知れないものをいったいどう理解すればいいのか。(10)

このように両親から創作活動が軽視されることにより、カフカは劣等感と罪の意識に苛まれ、みずからを「無力な局外者」、否、それどころか「家族の破壊者」(11)とさえ思っていたのだ。かくのごとき永年にわたる誤解が続けば、自己の殻に閉じこもり、寡黙な一匹狼となるのも無理はないだろう。

生活を保証する職に就かなければならないことの必要性も、カフカには、いわば父の権威による脅迫のようなものと感じられた。プラハにあるボヘミア王国労働者災害保険局の役人として、一日六時間だけ働けばよく、大方の友人たちと違い、自分自身にだけ責務を負うだけであったというのに、カフカは「完全に疲労困憊している」と感じるのだった。この職場で、彼は、ごく乏しい実務能力しか発揮できなかった。しかしながら良心的であり、労働者の権利のためには、時に夢中になって仕事に励んだ。

職場の同僚として、カフカは人々から好かれ、評価されていた。〈生活のための生業〉という重荷に彼がどれほど苦しんでいたのか、同僚たちは少しも知る由がなかった。格別、自分が携わっていた文学について、彼が口にすることもなかったのでなおさらだった。生活のための生業と文学の仕事、この二つは、「決して互いに相容れないし、共通の幸せというものを認めはしない」(12)と日記に記している。さらには、「出口としてはおそらく狂気しかない恐ろしい二重生活」とまで言い募るのである。

かつて、カフカは「精神を病んでいる」と記しているが、実際に狂気に陥ったことはなかった。だが、望まれるすべてのことに応えたいと願うあまり彼は極度の精神不安になり、これがもとで、女性との交際においてとりわけ悲劇的な結果を生むことになる。

カフカは幾度となく女性から愛されるが、彼の心の奥底にまで到達した女性はいなかった。自分でも、「賛美の限りを尽して相手を愛したい」[13]と思うのだが、しかし音楽についてそうであるように、愛についてもほとんど何も理解していなかったことを認めている。それでも、女性との出会いを求めないではいられなかった。

しかし、確固たる結びつきが要求されるようなものに自分は耐えられないのではないか、書くことに必要な「常軌を逸するほどの孤独」へと立ち還ることがもはや出来なくなるのではないかという不安から、度重ね女性との関係を避けるのだった。結局、女性との交際も、家族関

母ユーリエと父ヘルマン

労働者災害保険局

係の軋轢や職場の机に積まれた書類の山と同様、みずからの創造力を脅かすものとしか感じられなかったのである。

カフカは、精神の葛藤と書くことに纏わるさまざまな困難という二つの局面に晒されて、次第に蝕まれていく。「かなり以前から、ぼくは確かに病気だが、ベッドに横たわらなければならないほどの特別な病気ではないことを残念に思う」と彼は日記に記している。(14)

彼は不眠と極度の騒音過敏に悩んでいたが、この二つの症状は彼の精神を痛めつけるばかりでなく、肉体をも、心臓障害にいたるほど苛んだ。「不安によって研ぎ澄まされた」耳は、どんな微かな物音にも反応してしまう。そのうえ、消化不良に悩まされて菜食主義になったり、頭蓋の左上部分に圧迫を覚え、それが「頭のなかに出来た癩《らい》のように感じられ」たりした。頻繁に襲ってくる頭痛も激しいものであり、彼は、友人のマックス・ブロートに以下のような文面を書き送っている。「ガラス板を、まさにそれが砕け散る場所に嵌めこまれているような感じがする。」(15)

だが、カフカを何よりも苦しめていたのは、病気そのものに対する不安であり、それは実際、彼を打ちのめしてしまいかねないくらい強烈なものだった。そのことは、次の言葉からも明らかだろう。

「たぶん、ぼくは病気だ。昨日から体のいたるところが痒い。午後には顔が火照ってさまざまに色を変え、散髪の際、ぼくと鏡に映るぼくの姿をずっと見ていた床屋の助手が、重病の兆しを見て取るのではないかと懼れたほどだ。胃と口のつながった部分にも障害がある。グルデン金貨ほどの大きさの蓋が上下したかと思えば、しばらく下に留まり、次いで、胸の上部を覆うように、軽く圧迫するような力が広がり華麗に昇ってくるのだ。(16)」

クリストフ・フォン・ハルトゥンゲン医学博士は、こうした徴候を近代の典型的な現象であるとみなしている。「現代の生活は、大都市の人間に機械部品としての刻印を与える。以前は凡庸な人々でも、個人として働き、職業上、個として活動することが可能だった。現代よりははるかに単純ではあるが、ひとつの歯車装置を全体として体現することが出来たのだ。技術の発達とともに、これが可能なのはごく限られた人々のみとなった。大衆のなかの一個人は、車輪か、車輪の歯車として働くしかなくなったのだ。個性が抑圧されたままでは、……必然的な反動は起こらざるを得ないだろう。」「なんらかの形で個人として活動したい欲求」は、大都市の人々に殊に大きい。「これがどうしても不可能ならば、〈個人として〉は病むよりほかないのであり、〈彼のそのような病気〉はまだ誰も患ったことがなく、どんな医者も彼のことを理解できず、その病気を治療することは出来ない。かくして、彼はサナトリウムを訪れる。したがって、そのような施設に入ることは、いわば時代の欲求なのだ。つまり、そういう場所で、患者は個人として扱われたいと思うのである。(17)」

カフカが、自己の個性を十分に発揮出来ず、悩んでいたのは疑いない。フランツ・デフレッガー[*5]、ヘルマン・ズーダーマン[*6]、トーマス及びハインリッヒ・マンに続いて、一九一三年にはカフカもガルダ湖畔の町リヴァにあるサナトリウム《ドクター・ハルトゥンゲン》に療養に訪れた。しかし、彼のその後の人生を見れば、自然療法を用いるこのような施設への滞在がほんの一時的な成果しかもたらさなかったことがわかるだろう。

自然療法の熱心な愛好家だったカフカは、自然科学的な医学をあまり高く評価していなかった。彼が関心を寄せたのは、薬物のかわりに色彩での治療をこころみ、その為に病人を美術館に送り込んだりしていた人智学者ルドルフ・シュタイナーである。

カフカは冬でも薄手の外套しか着用しなかったが、それは心身を鍛えるためであり、その上、いろいろなスポーツトレーニングや冷水浴を危うい健康状態にも拘らず冬でさえも実行して、さらに心身を強化しようとした。自然療法協会のような組織を作る力が自分にあれば、とさえ思っていたのだ。医者が妹や女中を誤診すると、「いまいましい医者め、金儲けにはしっかりしているのに、治療の点ではまるで無能だ、儲けにならないとはっきりわかれば、きっと奴らは、小学生のように病人のベッドの前で佇むばかりだろう(18)」と悪口を書き連ねるのだった。

このような経験によって自己の見識を固め、何年も医者の助言を受けることを拒んできた結果、かなりの時間が経過してしまい、カフカの病状は危機的な様相を呈するまでになる。みずからの境遇を受け容れることも出来ず、四分五裂した自己の内面に為すすべもなく、カフカは、ますます強くなる精神の苦境にただ身を委ねる以外になかった。

一九一六年春、カフカは職務にはもう耐えられないと思った。必要なのは医者ではなく、出来る限り長い休暇であった。「半年、あるいは一年まるまる休みを取ることは、公務員としては言い出しかねるところだが、病人ならばそうではない」ことを彼は知っていた。そして、「疑いなく確認される病気ではないのだから」と無給休暇を願い出たのである。[19]

局長はこの申請を、どうやらとんでもない気まぐれと受けとり却下した。そこで、ほんのしばらくの間でも、職場から遁れる最後の可能性をカフカは兵役に求めた。彼は、仕事上の理由で兵役を免れていたのである。しかし、それすらも彼の思い通りにはならなかった。兵役適格という診断にも拘らず、彼が望んだ国民軍の兵役義務からは免除されたままであった。

秋になり、「ぼくは絶望のあまり、窓から身を投げるのではなく、診察室に飛び込む[20]」と彼は打ち明けているが、そうするにはかなりの心理的抵抗感を抑える必要があっただろう。しかし、医者の診断はもっぱら極度の神経過敏状態ということであり、仕事を休む必要はないというものだった。

このようにして、プラハの法学博士カフカが日々の職務から抜け出そうと空しくもがいていたとき、ウィーンでは、ある肺の専門医が、カフカの述べるような徴候を同業者たちがあまりにも軽んじていることに立腹していた。J・B・アンドレアッティ博士は、ある論争において、次のような苦言を呈している。神経障害は、特に都市住民の不健康な生活条件によって助長される病気、すなわち肺結核を表徴するものとして認められることがまったくないか、または、あったとしても遅すぎるのであると。その指摘は、カフカという作家の病状が進行していく過

程においてて、悲劇的にも確認されることになる。(21)

一九一七年——結核の発病

一九一七年八月一二日未明から翌一三日の明け方四時ぐらいにかけて、カフカは「異様に多くの唾液を口の中に」感じ、「喉が膨れ上がるような気がして」目を醒ました。吐きだしてみると、それは一塊の血だった。[1] 朝になり喀血の痕跡を見た女中は、「旦那様、もうあまり長いことはありませんよ」と言った。[2]

カフカは、すでに何日か前にも、市民水泳教室で血を吐いたことがあった。何回も、何回も「赤いものを吐き出した。それはまったく意のままに出てきた。」はじめのうち、彼はそれを「不可思議な、面白いこと」と感じていたが、しかし、ついには「取るに足りない」と思うようになり、やがて忘れてしまった。[3]

しかし、今度ばかりは勇気を奮いおこし、医者を訪ねた。医者の診断は急性の風邪、つまりは気管支カタルというものであった。

だが、喀血は明くる日の夜も繰り返され、咳も出始めたので、友人のマックス・ブロートは専門医に診てもらうようにカフカに勧めた。九月四日、フリーデル・ピック教授は、その前日にミュールシュタイン医師がレントゲン撮影の結果に基づきその恐れありとしていたこと――肺尖カタルを確認する。一種の袋小路の始まりであった。しかし、カフカは、日頃の病気へのヒポコンデリー的な媚態にも拘らず、このことを真面目に受け取ろうとはしなかった。彼はもちろん、この診断が結核を意味するに他ならないことを知っていた。「肺尖カタル（これは人に向かって、豚と言おうとして、子豚さんと言うようなものである）。」(4)

だが、ヨーロッパ人の半数が病んだ肺を抱えていた時代である。特別、カフカが他の半数に属さなかったからといって、なんの不思議があろうか。

「すでに数年前から起こっていた、頭痛と不眠症を徴候とするこの病」(5)を、カフカはほとんど安堵の思いで受けとめた。彼は、一面では、この病気に保険局の仕事から最終的に解放される可能性を見ていた。しかしながら、早く年金生活者になりたいという彼の望みは、すぐに叶えられることはなかった。

また、彼は、フェリーチェ・バウアーとの関係を解消する好機が訪れたとも思っていたらしい。このベルリンのキャリアウーマンをカフカは五年来知っており、既に二度も婚約していた。しかし、結婚へ踏み切ることが正しいのかどうか、疑いが去らないのであった。結婚の得失をすべて付き合わせてみた後で、カフカは誰かと共に生きていくことは不可能であるという確信をもつにいたる。「ぼくが成し遂げたことは、独身ゆえの成果なのだ」[6]と彼は要約する。花嫁が、自分のせいで「途方もない不幸」[7]に耐えなければならないことを考えると、彼は、自分の生を彼女と分かち合わなければならない場合を想像するのと同じくらい、苦しく感じるのだった。

そして、「ぼくはかなり非情な人間だが、同時に、自分自身を持てあましている」[8]と書き記す。自分をグリルパルツァー[*1]、フローベル、キルケゴールなどの運命と比較しながら、みずからなしている「永遠のそろばん勘定」[9]に終止符を打ちたいのであり、つまるところ、罪責感を覚えることなく、もう一度婚約を取り消したいのだ。カフカは「万人に気に入られたい」のであり、万人の愛を失うことなく「自分のうちに潜む低俗なことどもを、すべての人々の前であからさまに」やってのけて、しかも許してもらいたいと思うのだ。「詐欺的行為をすることなしに、騙したかった」[10]のだ。病気はそれに対する恰好の申し開きになりはしないか。そして、彼が、フェリーチェとの別れを最終的に決心したちょうどその時に発病したのは運命の合図ではなかろうか。

自己治療としての「自然回帰」

マックス・ブロートは、友人のカフカに肺結核の療養のためサナトリウムに滞在することを勧めたが、カフカは耳を貸そうとはしなかった。彼は、それよりも、最愛の妹オトラのもとで保養休暇を過ごすことを選んだ。オトラは義兄カール・ヘルマンのチューラウ[*2]にある小料地を切り盛りしようとしていた。これは、父親にとっては、わがままな息子の文士気取りと同じく馬鹿げた考えだった。ブロートは、カフカが旅立つ前に、もう一度ピック教授に診てもらうように迫った。教授がチューラウ滞在に反対する彼の意見を支持してくれるかもしれない、「すぐに最善の策をとるように[11]」と言ってくれるかもしれないと期待したのだ。

しかし、教授は、チューラウ滞在にさしあたりなんの疑義も洩らさなかった。こうして九月一二日、カフカはチューラウに向かった。その際、彼は両親を不安がらせないために、休暇の真の理由を両親に明かさないように友人たちに頼んでいる。

彼は、オトラのもとで、至極快適に過ごすことが出来た。オトラは、「彼を文字通りその翼に乗せて、煩わしい世界を飛び越えて運んでくれた」のだ。彼女とともに、まるで「つつましくも好ましい結婚生活」を送っているようだ、とカフカはブロートに書き送っている。「ここよりもふんだんに野外にいられて、もっと体によい空気を享受できる所は他にもあるだろう。でも――このことはぼくの神経と肺にとりとても大事なことなのだが――、ここにいる時ほど気分のよいことはないし、別の気晴らしも必要ない。これほど反抗心や怒り、焦燥を感じることなく家や森の世話ができる所も他にはないだろう。[12]」

体の調子と仕事の能力が許す限り、カフカはオトラを手伝った。薪を割り、サンザシの実を

オトラとカフカ

北西ボヘミア、ポダーザム郡チューラウ村の入口。マックス・ブロートの忠告に従ってサナトリウムに行く代わりに、カフカは、チューラウで農業を試みていたオトラの所へ行き、ここでほとんど8ヶ月を過ごす

摘み、じゃがいもを集め、山羊に餌をやり森を散歩した。彼は、百姓たちを「本当の大地の民」として羨ましく思った。百姓たちは、彼の目には「農業という仕事をたいそう賢く恭順にこなしており、仕事は完璧に組み立てられ、彼ら自身もその幸せな死にいたるまで、あらゆる動揺や船酔いから守られている。いわば、農業のなかにその身を救った貴族」なのだと映った。「村での生活ほど精神的な意味で快適であり、何よりもまず自由であり、かつ周りの世界や過去の世界に押しつぶされる恐れの少ない」ものはないと、彼は一〇月初めにフェリックス・ヴェルチュ[*3]に書いている。「ぼくは、自分自身に対して、今そうである以上のことを望みはしない」と。彼は、今ほど「健康面からいって、快適に感じたことはかつてなかった。」「市民的な立場から言えば、健康でない」ことは明確であるにも拘らず[(13)]――。

カフカはクリスマス休暇をプラハで過ごすが、フェリーチェが彼との関係を最終的にはっきりさせようとして訪ねてきた。彼は三ヶ月間のチューラウ滞在で身体に充分な力を蓄えていたこともあり、一二月二五日には最終的に彼女と別れる決意をした。

これらの日々、さらにカフカはプラハ郊外のアスベスト工場の出資社員という立場を放棄し、年金付き退職を勝ち取ろうと再度努力したが、うまくいかなかった。その代わり、保養休暇は翌一九一八年四月まで延長されることになり、彼は再びチューラウに戻ることができた。これにより、「少なくとも、もうしばらく仕事から[(14)]」離れていたいという切なる願いは叶えられたのだ。

寒さの始まりとともに、退屈な時間割に縛られて書類の前に座るより、部屋で跳梁跋扈する鼠どもの悪さに耐えるほうが彼にはましだった。「これはなんという恐ろしい、物言わぬ、けれども騒がしい連中だろう。……石炭箱の上に駆け上がり、駆け下りる。部屋をはすかいに駆け抜け、ぐるぐる回っては薪を齧る。じっとしているときは低い鳴き声を立てているが、そんな折にはいつだって、夜ごと活動するプロレタリア階級の人たちの秘密の仕事のような奇妙な静けさが感じられるのだ」と、彼はヴェルチュに宛てた手紙で、彼にとっての恐ろしい経験について描写している。

「今月は自分がまるで頼りにならない有様で、まったくお手上げの状態でした。何もかもが台無しになってしまい、いつもはおいしい食事の匂いや味も、何だか鼠臭い感じがするのです。」

このような「世界に対する恐怖[15]」がカフカを捉えて離さない。それは後に、彼の最も宥和的な物語のひとつとして形をなすことになるのだ。

「ぼくは精神的に病んでいる」

一九一八年五月、カフカは職場に復帰した。けれども、チューラウでの良好な状態は長続きしなかった。「身体の病は、精神の病が堰を切って溢れ出てきたものなのです。再び岸へ押し戻そうとすれば、頭が当然のことながら抗います。まさしく、切羽詰まって肺病を噴き出したわけで、さらなる病気を噴き出そうとしている今の段階で押し戻そうとすれば、徹頭徹尾、頭は反発せざるを得ないのです。……以前は、ひとつひとつの症状をきちんとした健康状態に回復出来なかったのは、諸々の単に偶然の理由によるのだと愚かにも信じていました。しかし、今は、自分のなかに回復に抗う理由があったことを知っています」と彼は諦めの気持ちで事態を受けとめている。「だから、事態は何ひとつ変わっていないのです。」[16]

九月、晩夏の最後の日々を二、三日田舎で過ごそうと、カフカはチューラウへ旅立った。第一次世界大戦の終わり頃、人々の栄養状態は悪化し、彼もまた、十分な衛生上の配慮がなされないまま数多くの死者を出したスペイン風邪を患った。数週間におよぶ病床の後、かかりつけの医者であるクラール医師は、病後には田舎で養生することを勧めた。一九一八年一一月三〇日、カフカはリボホ郊外のシェーレーゼンへ赴き、ときおりプラハに短期間滞在をする以外は、この地で一九一九年三月末までの日々を過ごした。

彼はペンション《シュトゥドル》に宿泊していたが、そこではチューラウと同じくらいの心地好さを感じていた。その理由は、美しい環境や彼を包む親しみやすい雰囲気だけに帰せられるものではない。おそらく、彼が再びある女性と恋をしたことにも求められよう。相手はユーリエ・ヴォールチェクという名の、プラハで靴修理屋兼シナゴークの小使いをしていた父をもつ、もはやあまり若いとはいえない女性であった。

ユーリエは小さな洋品店を営んでいた。二人の出会いは、つまるところ、笑いにほかならなかった。「大まかに勘定しても、僕はこの五年間、ここ数週間ほどに手放しで笑ったことはなかった」[17]と彼はマックス・ブロートに宛てて書いている。だが、この浮かれ騒ぎには、何か喜劇めいたものが感じられる。ちょうどその頃、フェリーチェはベルリンのあるビジネスマンと結婚しており、彼女との挫折に終わった結婚の試行錯誤をいまだに克服していないと意識していたカフカにとって、このことは恥ずべくも悩ましい出来事だったからである。

一年ぶりにやってきた眠れぬ夜は、これまでの苦悩に満ちた精神の闘いが再び繰り返されるのではないかという前兆をカフカにもたらした。彼はユーリエを努めて避けようとし、自分よりも四週間早く彼女がシェーレーゼンを去ったときには、これで大して意味のない感情を爆発させるという事態からは解放されたと考えた。

だが、このことに関していえば、彼は思い違いしていたのだ。

プラハでユーリエと再会したとき、二人は「まるで駆り立てられたかのように」[18]、互いの腕のなかへと飛び込んだ。そして、カフカは、今度こそ結婚という冒険に必要な条件が首尾よく整ったという確信をもつにいたるのだ。ユーリエとの身分違いの結婚よりも、女郎屋通いのほうがまだ名誉ある行為だと考える父への反感からも、カフカは結婚のための準備を始めるのだった。だが、ここに至って、結婚に対する不安と自信のなさがカフカの潜在意識にいかに深く錨を降ろしているかが、時を追うごとにはっきりしてくる。結婚式は一九一九年一一月に予定されていたが、その二日前に、カフカはすでに契約していた住居に入居できなくなったことを知り、これを悪しき前兆と受けとめる。「……これまで遠方で警告を発していたものが、今やぼくの耳のなかで、夜となく昼となく雷のように鳴り響いている。」

カフカは再び、みずからの能力不全を告白せざるを得なくなる。たとえ、彼自身は「いつもより落ち着いていた」としても、「あたかも、何ごとか大きな出来事が進行中であり、その遠い振動を」幽かながらも明瞭に感じ取ってしまうのだと。(19)

三度目の結婚の試みが挫折した後、カフカは心を整理するために、数日の予定で再びシェーレーゼンへ赴いた。そして、絶望的な思いで自分自身のための弁明を探し求め、一〇八頁にわたる『父への手紙』を書くが、意図した宛名に投函することはなかった。

この手紙は、たんに父親との内的な闘いを記しただけのものではない。それは要するに、共同体とユダヤの伝統に対するカフカ自身の分裂した態度と対決することを通して、破綻した結婚についてのひとつの解釈を見出そうとする試みなのだ。彼の分裂した態度は、まさに父親による教育と密接に結びついていたのであり、この試みは結果的には彼を罪の感情から解き放ち、同時に、自己と向きあってもたじろがぬ精神力を与えるかもしれないものであった。

このシェーレーゼン滞在中に、カフカはテルピッツからやってきたミンツェ・アイスナーと知り合った。ミンツェは、敬愛していた父親の死後、一ヶ所に留まることのできない生活を始めたばかりの若い女性であり、今はカフカを心から頼りにしていた。彼の方でも、自己の葛藤から気を逸らして、物分りのよい父親のような友人として彼女を慰め、その自己意識を発奮させ、母親から自立しようとする彼女の努力を支援することを喜びとしていたことは明らかである。自分では、そうした力をほとんど持ちあわせていないカフカが、ミンツェには「将来は仕事に専心すること、そして、活動や成果におけるたゆみない前進をめざすこと」[20]を要求するのだ。

カフカの影響下、ミンツェは一九二一年初めに菜園を営み、自立を果たす。二人は、一九二三年春に彼女が結婚するまで手紙をやり取りしていた。カフカは、ミンツェのこの結婚について――おそらく彼には到達不可能な目標でありながらも――、「この世においてもっとも自然で、もっとも理性的で、もっとも当然のこと」[21]と記している。

ミンツェ・アイスナー

結核菌に当の昔から侵されていたカフカの身体は、精神的な危機を経てますます弱り、冬の寒さに耐えるだけの抵抗力を失っていた。彼はシェーレーゼンから帰ってくると、すぐにひどい風邪を引いた。ユーリエを連れて行くつもりで計画していたミュンヘン旅行を、医者は中止するように厳しく諫めた。医者は状況を全般的に判断して、彼に療養所に行くように説得したのだ。

一九二〇年春、どうすべきなのかと熟慮しているうちに、再びカフカは発症してしまう。「昔からのものはや断ち切れない習慣で、微熱はあるが決して病気ではない、しかし、だからといって健康というわけでもない。」
いずれにせよ、カフカは、「サナトリウムも必要なければ、医者の治療も必要ない」と信じていた。「逆に、この二つはむしろ有害であり、必要なのは太陽と空気と田舎の風土と菜食料理だけだ(22)」と書いている。けれども、彼はついに、「……もうそんなにぐずぐずしていることは許されない(23)」状態にあり、寒い時期はどこかのサナトリウムで過ごすほうがたぶんよいのだと理解するにいたる。

だが彼は、例のごとく、どこのサナトリウムへ行くべきなのか決心がつかなかった。「僕の頭は北に行きたがっているのに、肺は南に行こうとしているのです。頭の状態があまりにひどいと、肺はたいてい自分で諦めてしまうので、頭の方も次第に一種の感謝の気持ちから南に行こうと願うようになるのです(24)」とミンツェ・アイスナーに宛てて書いている。だが、バイエルンにおける外国人排斥のニュースが、彼にその決断を思い止まらせた。

二月二六日付の病気療養のための休暇申請が当局から承認された後の一九二〇年四月一日、カフカはメラーンへ旅立った。もちろんサナトリウムへではなく――分別あるやり方に真っ向から反するわけだが――、一番上等で一番値のはる宿ホテル・エマに投宿した。だが、ほどなくして、もっと安い宿を見つけなければならないことが明らかになる。

「さんざん探した」後、彼は、メラーン郊外のウンターマイスにあるペンション《オットーブルク》に移ることに決めた。そこは、「とてもふっくらした赤い頬の陽気な女性」に切り盛り

メラーン。カフカはここで1920年の春を過ごした

されていたが[25]」、この女性は「彼の菜食主義をおもしろいとは思うが、菜食主義的な想像力をまったく欠いていた。」

しかし、彼は、借りていた部屋には満足していた。「……バルコニーでは素っ裸のままでいられる」し、食事は彼にとって十分過ぎるくらいであった。要するに、そこは花咲く茂みに囲まれた素晴らしいペンションなのであった。

プラハでは水溜りでさえほとんど凍ってしまうというのに、部屋のバルコニーの前には花が咲いている。彼は、この光景を、まるでメルヘンのように美しいと感じていた。「これ以上の配慮がなされたら、あまりの素晴らしさに、死すべき生身の人間にはほとんど耐えることもできないぐらいだ。」とはいえ、悩ましい不眠症はしばらくの間消えていたのに「忌まわしくも再び現れ」、健康状態が根本的に好転する傾向は著しく損なわれてしまう。体重は増加しても、全体としては、いささかも改善をもたらすことがなかったのだ。

「人のよい、思いやりのある」コーン医師は、五月末に終わる療養休暇に通常の就業規定にある五週間の休暇を付け加えて、このまま中断なく保養を続けられるようにしたいというカフカの願いを首尾よくとりまとめてくれた。もともと、保険局の医者が三ヶ月の保養を勧めていたので、上司はなんら異議を唱えなかった。

カフカは多少なりとも回復し、医者は「肺は良好であるとさえ診断できる。つまり、肺にはほとんどなんの障害も見出せない(26)」とさえいうこともあった。だが六月の終わりに、洋服ダンスに嵌めこまれた鏡に映る自分の姿を眺めたとき、カフカは、肺の状態は何も変化していないと確信する。

鏡には、以前と同じくらい悪い状態の自分が映っていたのだ。

彼はオトラに宛てて、こう書いている。「ぼくの状態は相変わらずです。ぼくが少なからず恐れているのは、シェーレーゼンにいても二週間でそのくらいにはなっただろうにと言われることです(27)。」メラーン滞在によっても、予期されたほどの快方への変化は起こらなかったのだ。

だが、健康状態についての彼の心配は今や二の次だった。それよりもはるかに強く彼の心をとらえたのは、一人の女性であった。彼女は、彼の人生と――多分それよりもはるかに雄弁な――彼の文学に対する類をみない深い関心を示す何通かの手紙によって、カフカを驚かせたのである。

きちんとした家庭の主婦のような存在――暖かい部屋、豊かな食事、十分な睡眠、正確に時を刻む時計といった小市民的な考え方から離れられないフェリーチェ、賛美に値するとともに、哀れむべきほど杓子定規で凡庸なやり方にしがみつくフェリーチェは、彼の書くものにほとんどなんの興味も示さなかった。(28) そして婚礼には至らなかったにもかかわらず、彼に対して誠実であったユーリエ、厚顔無恥というべきほどに隠語的表現を飽くことなく口にし、「全体として極めて無教養な」彼女は映画やオペレッタ、白粉やヴェールにはぞっこん惚れ込むのだが、彼の文章にはさっぱりだった。(29) だが、今ここに、彼の文章をチェコ語に翻訳したいと望む女性が現れたのである。

数週間前、プラハのカフェー・アルコにおいて、カフカは共通の友人のいる席でこの女性とほんの束の間話したことがあったが、そのときの記憶はほとんど残っていなかった。だが、この女性の短いメラーン滞在は、彼にとても強い印象を残すことになった。カフカは六月二九日に帰郷の途につくのだが、彼女と会うためにわざわざウィーンに数日間滞在したのだ。それほど、彼にとって、この出会いの印象は強かったのである。

波乱にとんだ過去の持ち主である医学生ミレーナ・イェーゼンスカは麻薬中毒であり、今やジャーナリストとして独り立ちしようとする絶好の機会に、不幸にもプラハの女たらしエルンスト・ポラークと結婚してしまった。一九一八年以来、彼女はウィーンで夫ポラークと暮らしていた。ポラークはフランツ・ヴェルフェル、ギーナ及びオットー・カウス、ヘルマン・ブロッホ、フランツ・ブライ、ヤーコブ・モレノ・レヴィ[*4]、〈文学における剽窃の勝者〉とアントン・クーに呼ばれていたオットー・グロースなどの行きつけの店カフェー・ヘレンホーフの人気者だった。

　ポラークの「評判は、彼がプラハの有名人たちと……幾晩も続けて大酒を飲み明かしたことに由来している」とエーミル・ジチヤは述べている。その評判はさらに、彼が有名なプラハ大学教授ヤン・イェセンスキーの娘――つまりこれがまさしくミレーナなのだが――を誘惑し結婚してしまったこと、あるいは、ミレーナを悩ませたことだが、自分たちの住まいを宿を求める者には誰にでも用立ててしまうことなどが広まるにつれ、方々に知れわたった。

　ポラークが共感を呼んだのは、おそらく仲間うちでただひとり、詩作もしなければ絵も描かない存在だったという事実にもよるだろう。「つまり、彼の唯一の芸術的な活動は、だれでも彼からコカインの飲み方を教わることが出来るということに尽きる」のであり、また彼は、「だれもが金をせびることが出来る、ほとんど分別あると言ってもよい銀行員であった。だが、ミレーナだけは除け者だった。」[30]

カフカは、このような状況にあったミレーナをウィーンに訪ねた。二人はやがて、嵐のような恋愛関係に発展する。混乱を極めた財政状態を助けることになるカフカからの融通の申し出に、ミレーナは感謝したに違いない。カフカは幸せであった。ともに過ごした四日間、ミレーナはカフカのあらゆる苦悩を忘れさせた。

「ほんのわずかの骨折りも、必要ありませんでした。すべては単純で明快でした。わたしは、彼をウィーンの森の奥に引っ張っていきました。彼はゆっくり歩いたので、わたしが彼を先導することになりました。彼は、わたしの後ろから、一歩一歩踏みしめるようにして付いて来ました。目をつぶれば今でも、わたしには彼の白いワイシャツと日に焼けた首筋が見えるようです。懸命に頑張っている様子が見えるのです。一日中、彼は丘を登ったり降りたりしました。陽光のなかを歩きました。ただの一度も咳をせず、恐ろしいほどよく食べ、赤ん坊のようにぐっすりと眠りました。つまり、彼は健康だったのです。これらの日々、彼の病気は、ちょっとした風邪のようなものに過ぎませんでした」と、ミレーナは後にマックス・ブロートに回想している。[31]

ミレーナは「まっすぐに相手を見つめる落ちついた目」をしたカフカの「率直で男らしい顔」

に惚れ込み、[32]「驚嘆する以外にない感情のこまやかさ、そして戦慄を覚えるにたる、妥協を排する精神の純粋さに深く印象づけられた」のだ。[33]

七月五日、カフカは再び職場に復帰するが、以前にもまして仕事に集中することが出来なかった。夢見心地で机の前に座り、線画の小人の絵を描き、ミレーナの手紙を心待ちにしていた。彼はユーリエに対して良心のやましさを覚えるが、ウィーンにいる女友達ミレーナに手紙を書くことを許し、このことによってすべてが「平穏無事にうまく」おさまるように願った。そうすることで、みずからの心をも鎮めようとしたのだ。[34]

八月半ば、彼は再びミレーナに逢おうと思い立ち、オーストリアとチェコの国境の町グミュントへ一泊の予定で駆けつけたが、何か「まずいことをしてしまった」という恥辱の感情をいだいて帰って来てしまう。そして、彼女にこの「語ることも書くことも出来ない感情」を理解させようとするが、ときに自分は「まるで、鉛の錘りによって……深い海の底に引きずり込まれるような」気持ちになるのだという性急な告白をすることしかできなかった。[35]

メラーンでの休暇も状況の好転はもたらさず、健康状態はむしろ悪化したので、カフカはまた医者に行く以外に方法はないと考えた。医者はサナトリウム滞在を強く勧め、グリメンシュタインか、ニーダー・オーストリア州のウィーンの森あたりを提案するが、カフカは相も変わらずこれに反発を示した。「それらの場所は、結核療養所以外の何ものでもない。どこもかしこも、咳をしたり、熱を出したりしている者が集まる施設ばかりだ。そこでは肉を食べなけれ

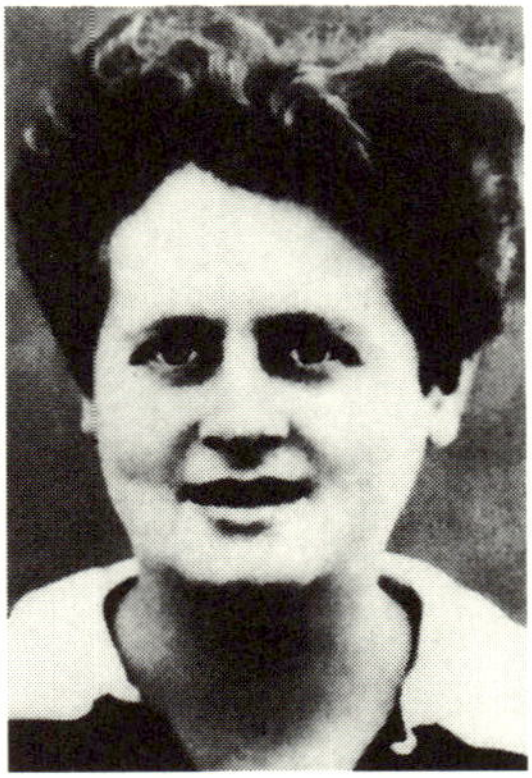

ミレーナ・イェーゼンスカ

グミュント駅

ばならないし、注射に抵抗しようものなら、かつての暴君まがいの者たちが腕を脱臼させせんとばかりに待ちかまえている。その様子をユダヤ人の医者たちは、キリスト教徒に対するのと同じくユダヤ人に対しても、厳しく髭を撫でながら傍観するのだ。」そんな場所で、自分はどうすればよいのかと彼は自問する。「院長の膝と膝の間に頭を挟まれ、フェノールの匂いのする指で口に肉団子を詰め込まれ、喉の奥へ押し込まれて、目を白黒させるのが関の山だろう[36]」と。

一〇月四日、勤め先の医師コデュム博士は両肺翼の浸潤を確認した。心配した妹オトラが今回は主導権をとり、兄の意志に逆らい新たな保養休暇を申請し、それが医師の所見により認められる。今度ばかりは、カフカにも、医師の意向にしたがう以外の道は残されていなかった[37]。

ミレーナはカフカとの出会いの後に、互いの相反する性格からして、二人の関係には打ち勝ちがたい困難が生じるものとすでに予感していた。にもかかわらず（性交が幸福な「共棲」に対する「こらしめ」であると感じる[38]一方で、抵抗しがたく売春婦に惹かれるかと思えば、裸の肉体に対する嫌悪の情を抑えることの出来ない一人の男が、いかにして彼女の情熱的な要求を満たすことが出来ただろうか）、ミレーナは、カフカがサナトリウムへ行く前に、もう一度会っておきたいと思った。

彼女は、彼にウィーンに来てくれるように願う。しかし、一人の女性との関係が再びうまく行かなかったことを自覚するカフカは、それ以上の逢瀬はやめようと絶望的な努力をする。ミレーナが彼のために、夫と別れることは決してないであろうこと、そして、自分たちは「決して、一緒に生活することはないであろう。同じ住まいで身体と身体を添わせ、同じ食卓につくことは決してないであろう。否、同じ町に住むことさえないであろう(39)」と確信したのだ。

なんのために彼は、なんの展望も描けない関係を続けなければならないのか。そして、自分を責め苛み続けなければならないのか。「ぼくには出かけて行く力がありません。あなたの前に立つことを、前もって想像することすら、ぼくには耐えられないのです。そのときの頭の中の圧迫感が耐えられないのです。あなたの手紙が、すでにぼくにとっては、際限なく続く幻滅の種となってしまうのです。……あなたは、手紙のなかで、完全にぼくから去ってしまうことは出来ないと思うと書いています。けれどもぼくは、あなたに向かっても、ほかのだれに向かっても、ぼくの心の中がどうなっているのか、理解させることが出来ないのです(40)」

カフカは、ミレーナにもう手紙を書かないと誓った。手紙は彼の苦しみを増すばかりだからと。「手紙はグミュントの一日を際立たせ、ほとんど取り返しのつかない恥辱を際立たせる以外になんの役にも立たないのです。」しかし、ミレーナはおめおめと引き下がりはしないのだった。「助けて欲しい」と懇願しながら、彼女は、女友達や同僚たちに間に立ってもらおうとする。そして、何通かの匿名の、あるいは署名入りの手紙が飛び交った。彼女は、マックス・ブロートにも頼ろうとする。けれども、カフカの態度は硬化したままであった。ありとあらゆることが言明されたのだった。「この壺は、泉にたどりつくずっと前にとうに壊れてしまっていたのです。……だから、ぼくはあなたにお願いしたい、ぼくにかまわないでと……(41)。」

ようやく、ミレーナは理解する。「一人の人間について、その人を愛さぬ以前には何もわからないのです」と告白するのだ。[42] カフカの身体の状態が自分との関係によって悪化することを恐れ、彼の意思を尊重することになる。「彼には、ほんのわずかの逃げ場所も庇護もないのです。わたしたちが守られているあらゆるものに対して、彼はその身が晒されているのです。彼は、まるで、服を着た人々の間に裸で立っているようなものです」と彼女はマックス・ブロートに宛てて書いている。「彼には、生きていく能力が欠けています。フランツは決して健康を取り戻すことはないでしょう。フランツは、間もなく死ぬでしょう」と。[43]

すべてを与え、すべてを要求した彼女は、その直観的な感情移入の能力をもって、悲劇的な結末がまだはっきりと現われる以前に、彼の心の分裂の射程をすべて明確に見抜いていたのである。まさにフロイトが、精神と身体の関連性の重大さをようやく発見した頃であった。カフカは事態に直面し、沈黙する。しかしながら、彼を診た医者のうち、誰ひとりとして、ウィーンの精神医学者フロイトの新しい見解に注意を払う者はいなかったようだ。そうでなかったら、おそらく誰かが、この患者の心の生活をもっとずっと詳しく調べてみることを思いたったであろう。

カフカと充分に親密であったミレーナは、ただの一度も肉体の交わりを経験しなかったにも拘らず、彼自身と同じくらい彼の不能の原因を予感していた。しかし、彼女は、自分がこの語られぬものに対して無力であることも承知していた。カフカと一緒になれば、その生活は、

「生涯にわたる極めて厳しい禁欲を意味するであろう」ことをミレーナはよく承知していた。彼女は、そのような生活に身を委ねる「力をもつには、あまりに女であった」のだ。だが、「大地に極めて近い」(44)生活への彼女の憧れこそが、とどのつまりは、彼女を愛することを彼に不可能にしていたのである。

「ぼく自身の尊厳のためか、また高慢の故か（この背の曲がった西欧のユダヤ人が、たとえ、人からどんなに卑屈に見えようとも！）、手の届かぬ頭上のずっと高い所に置くことの出来るものしか愛することが出来ないのは明白だ」と彼は言う。そして、このことが「全体の核心である」とカフカ自身は主張する。(45)しかしながら、それは実際、性に対する彼自身の「死ぬような恐怖」なのだ。それは昼も夜も彼を苦しめ、「十分に対処するには、恐怖と羞恥心……悲哀を乗り越えなければならない」のである。実は、カフカは、ただ「ひたすら自己と共存したい」と思うだけであった。

「ミレーナの言うとおり、恐れは不幸をもたらすのだ」(46)とカフカは打ち明けている。

高地タトラにて

カフカは、オーストリアのサナトリウムへ行くという計画をやめて、別の選択をした。高地タトラの保養地マトリアリ行きである。はじめ彼は、この間に法律家ヨーゼフ・ダヴィドと結婚していた妹のオトラを連れて行こうとした。彼女は妊娠していたが、兄とともに数日を過ごすつもりだった。だが、感染の恐れからオトラは同行を諦め、カフカは一九二〇年一二月一八日、単身旅立つ。

ある晴れた冬の晩、カフカは、タトランスケ・ロムニカに着いた。そこでは、一台の橇が待っていた。月下、彼は橇に乗って、雪の積もった山の森の中をマトリアリへと向かった。大きな、明るくきらめく建物が暗闇に浮かび上がり、カフカはもう目的地に着いたのかと思った。しかし、橇はさらに先へ先へと走り、ようやく一軒の暗い、怪しげな家の前で停まった。あたり一帯には、誰もいなかった。

御者は、しばらくの間、人影を求めて大声をあげなければならなかった。そのうち、ついに一人の少女が家から出てきて、カフカを部屋に通した。だが、それはなんという部屋だろう。「鉄のベッドの上にはカバーもなく、枕一つと毛布一枚だけ、戸棚のドアーは壊れている始末。」すきま風が、壁の継ぎ目からうなり声をたてて入り込む。「ストーブは、暖気をもたらすというよりは、部屋に悪臭を放っている。」

この家の所有者であるフォルベルガー夫人――長い黒のビロードのコートを着た堂々たる人物――が、挨拶しようとやってきた。その大げさな歓迎の態度に、カフカは「本気で助けようという気も、その力もない」人だと感じ、明日にもおよそ一時間ほど離れたノヴィ・スモコヴェチにあるサナトリウム《ドクター・ゾンターク》に移る決意を即座に固めた。

フォルベルガー夫人

しかし、オトラのために予約してあった隣の部屋を小間使いから提供されて、ようやく彼は安心する。彼は思いもかけず、救われたと感じた。なぜなら、部屋はずっと広くて暖かく、照明は一層明るく、上質の木のベッドがあり、新しい戸棚もあり、窓はベッドから程良く離れた所にあったからだった。彼は、ここならばいてもよいと思った。こうして事態は、良い方に向かい始めた。つまり、オトラが一緒に来なかったのがかえって幸いしたのだ。翌日にはもう彼は、ここがすっかり気に入ってしまい、本館の一

マトリアリの結核療養サナトリウム

タトラ荘。側面前方のバルコンがカフカの部屋のもの。左手背後が「石切り」荘

本館の読書室

本館の食堂

室を用立てようという申し出があったときも、いささかも移る気は起こらなかった。今や彼は、このささやかなタトラ荘に住む利点さえ見出すのである。

「何よりも、三度の食事に出向かなければならない。……だから、あまり出不精にも、運動不足にもならないで済む」と、彼は到着後数日してオトラに手紙を書いている。「それに本館は、ぼくの認める限りではとてもうるさく、絶えずベルが鳴り響いていたり、台所の騒音が聞こえたり、すぐ傍らを通る車道、橇の通路など、あらゆるものが騒音を立てるのだ、それにひきかえ、ぼくの所はとても静かだ……それから、向こうには共同臥床療法室がたった一つあるだけなのに、そこさえも、ぼくの部屋のバルコニーのように、日のふんだんに当たるところではない。そして実際、医者がぼくの廊下の左側三つ先の部屋にいることも見ようによっては利点といえよう[1]。」

　食事も素晴らしく、しかも創意工夫に富んでいた。「取り合わせて料理される素材の一つ一つが、互いにそれとは区別できない[2]」ほどだ。このようにカフカは、旅行客や狩人なども泊まる一見それらしくは見えないこのサナトリウムが、とても気に入った。その他にも彼は、翌日にはもう、自分がフォルベルガー夫人に対してひどい見方をしていたと認めざるを得なくなるのだ。夫人は穏やかでやさしく、ちょうど「ビロードか、毛皮のコートを脱ぐように、あらゆる悪い印象までも脱ぎ捨ててしまったかのように」見えたのである[3]。間もなくカフカは、夫人の弟のために切手を送ってくれるようオトラに頼んでいる。それほどフォルベルガー夫人は、信頼のおける好ましい存在となったのである。「いずれにせよ、ようやく、うまくいくための外的な条件が勢揃いしたようです」と彼は満足し、確信をこめて語るのであった。(4)

とはいえ、カフカは、さしあたり生活に慣れるのに苦労を重ねた。はじめは、ほかの患者たちとは、いかなる接触ももたなかった。食事時間が一緒ということで、望むと望まざるとに拘らず生じる人間関係はまことに煩わしいものだった。反セム主義の傾向をもつ初老のチェコ人女性と食卓で隣りあわせだったが、彼女の存在は彼を「ほとんど肉体的に」震え上がらせた。(5)さらに、周囲の騒音は、考えていたよりもずっとひどかった。「バルコニーの騒がしさ」、それは重症患者の咳であったり、部屋のベルの音であったり、壁を通して微かに伝わってくる話し声であったりしたが、それすら、彼には心痛をひき起こす源となるのであった。

「ぼくは、寝椅子の上で、ほとんど痙攣を起こしているかのようにのたうち回っている……どの一言もこめかみにめり込んでくる、この神経の錯乱の結果、ぼくは夜眠れなくなる」と彼は嘆く。「……ときおり、ぼくには、ぼくを乱すものはほとんど生そのものであると思えてならない。それ以外の一体何がぼくを混乱させようか。」(6)

面倒をひき起こした最大の問題は、カフカ自身の神経過敏症であった。カフカは、ある初老の紳士を訪問した後で、失神するほどの発作に襲われた。その人は、小間使いを通してカフカを部屋に招き入れ、鏡を使って、自分の咽頭の潰瘍を陽光で照射するやり方を説明したのである。この部屋で見たものは、カフカには「拷問、否、それどころか処刑よりももっとひどいもの」と思われた。

「……ベッドの中のこの惨めな生、発熱、呼吸困難、薬の服用、苦痛を伴う危険な内視鏡検査……これらは、最後には窒息死をもたらすに相違ない潰瘍の成長を遅らせること……つまり、この惨めな生を持続する以外のいかなる目的も持たない」ことを悟って、カフカは愕然とする。「親戚や医者や見舞客たちは、さながら燃え上がりこそしないがゆっくりと加熱してくるこの薪の山の上に足場をこしらえ、危険な目に遭うこともなく、感染の危険もなく、この拷問にかけられている者を訪ねて静養するように言い、慰めたりしては、それ以上の悲惨な生へと向かっていくように励ますのだ」と、彼はマックスに宛てて書いている。「彼らは、自分の部屋に戻れば、ぼくと同じように恐怖にかられて体を消毒するのだ。[7]」

はじめて結核療養所に滞在した今、カフカは、みずからの病気の意味がようやく正確に分かってきた。「ぼくがこれまで結核患者の間で生活することを良しとせず、この病気をそもそもまともに見据えなかったのは間違いだった。ここに来て、やっとぼくはそのことを実行したのだ」と彼はマックスに告げている。[8]自分が健康な人々にとって危険な存在となりうる、という考えは彼を苦しめた。「たとえば、喉頭結核の患者（肺病の血縁者、悲しい兄弟）と向かい合って座るのはなんと厭わしいことか。彼は親しげに無邪気に君の前に座り、結核患者特有の澄んだ目で君をじっと見つめる。そして咳をし、口元に当てた手の拡げた指の隙間から、結核潰瘍の膿の粒子を、君の顔に向かって吹きかけるのだ。[9]」

おぞましく不潔に見えるあらゆる事柄へのほとんど躁的ともいうべき嫌悪感を、カフカは、まさしく加虐的かつ自虐的な悦びをもって、心の底から吐き出すように書き付ける。ロシアで行われている割礼も、彼には厭わしいと同時に、また同じくらい心惹かれるものだった。「割礼を施す人はみんな、……赤い鼻をしていて口臭がする。だから教義にしたがって、割礼が行われた後に、彼らがその口でもって血のついたその部分をしゃぶる光景は、どう見ても食欲をそそるものではない。患部は、その後おが屑でおおわれ、三日後に傷はおおよそ回復する。[10]」あるいは、「ぼくがいつも願うことは、いつか、胃が健康だと感じられるときのために、食べ物に関する破天荒な行動について、ぼくの中にたくさんの想像を蓄積しておくこと、……たとえば〈固い自家製ソーセージ〉と表示してあるソーセージを見かけたとすると、想像のなかで、ぼくはそれに歯全体でガブリと噛みつき、速やかに規則的に、何も考えずに、まるで機械のように呑み込んでしまう。この行為そのものが、想像のなかで生み出す絶望感がさらにぼくを駆り立てる。あばら肉の長い厚皮をぼくは噛まずに口に押し込み、今度は、それを尻の方から胃や腸を通して再び外へ引っぱり出す。うす汚れた食料品店の品物を残りなく食べてしまう。……これらの行為によって、ぼくは自分の健康ばかりでなく、病気をも享受するのだ。[11]」

　鼠を恐れるカフカは、一匹の溝鼠《どぶねずみ》を長いナイフで突き刺すことを空想して楽しむ。「それを自分の目の高さにぶらさげてみて[12]」、ようやく彼は、この動物についての細部にわたるイメージを得ることが出来るのだ。だが、実際には、デコルテからはみ出したあらわな胸を目にするだけで、彼はもう、とてもやりきれない思いに駆られるのだ。

カフカは、マックスに宛てて、療養をまさしく「気が狂うほど真摯に」考えていると書いている。「……肉でさえ、他のどんな食物よりもずっとおぞましいと思いながらも食べている。」「山盛りの皿を目の前にしたときの恐怖感で、ぼくは苦しい食欲喪失の状態におちいり、顔からは汗が噴き出す」と。[13]

カフカの心の不安、絶えることない疲労感、ヒポコンデリーに対するお手上げ状態は、彼のただでさえ乏しい抵抗力を弱め、数週間続いた吹雪も手伝って、「肺のことは別にしても、二日と続けて健康とはいえない状態になる」ほどだった。[14] こうして一九二一年一月の終わり頃、彼は、悪天候によって「あっさりとベッドに縛り付けられて」しまったのだ。

医学生クロップシュトック

この頃、カフカは、ハンガリー出身の二十一才の医学生ローベルト・クロップシュトックと知り合いになる。クロップシュトックは結核を患い、勉学を中断しなければならなかったが、マトリアリに滞在している間カフカの面倒を見ていた。

クロップシュトックは国鉄技師の息子で、一八九九年一〇月一九日ドモドヴァルに生まれ、当時はブダペストに住んでいた。二人の病人の間には急速に友情が芽生えた。その際、このハンガリー人は、カフカがマックス・ブロートと親しいという事実におそらくは強い印象を受けたと思われるが、最初に自分の方からカフカの好意を得ようとしたのである。

クロップシュトックは人から好意を寄せられたとき、その好意がたんに彼の虚栄心をくすぐるばかりでなく、それを越えて自分に有益な展開にいたるかどうかを判断する紛うことない感覚をもっていた。医者のザウアーブルッフやニッセン、あるいはフランツ・ヴェルフェル、トーマス・マン、ハンガリー砂糖業界の大立者でありながら、フランツ・ブライやオスカー・ビー、フランツ・テオドール・チォコル、アドルフ・コース、ペター・アルテンベルク、アルフレッド・ポルガー、カール・チュピクら芸術家と親しい関係にあった有名なパトロン、ルードヴィッヒ・フォン・ハトヴァニーと彼の後の交友関係は、人間的な雅量を単刀直入に引き出すその才能をよく証明している(15)。

クロップシュトックは、カフカとの関係を深めることにまったく物怖じすることはなかった。カフカと同じように、彼も自分の育った町から脱け出そうとしていた。だが、もちろん、彼にはカフカとは異なる理由があった。

まず第一に、彼は世に出て身を立てようとしていた。第二に望みはまるでなかったにせよ、従妹のロジェ・ジラルドに彼はぞっこん惚れ込んでいたのだ。彼女の方では、この従兄の存在などまったく意に介しておらず、ひどく芝居がかった男とさえ見ていた。彼が目を閉じてソファーにかけ、物思いにふけったり、彼女がまったく信じてもいない独特の知性を見せつけようとしても、彼女はそれを面白いと思うことはあっても、感銘を受けることは決してなかった。ローベルトが心理分析学大学連盟の事務長であることも、ロジェにはなんの印象も与えなかった。それゆえ、彼女がいるところでは彼は苦しむばかりであり、彼女に会いたいという誘惑から逃れようとしても不思議ではなかった。

そして第三に、ユダヤ人に対する大学入学制限のために、彼はブダペストで勉強を続けることが困難になっていた。プラハ大学で勉学を続けようとするが、それは外国人にとって、決して簡単なことでなかった。ユダヤ教の聖職者エーデルシュタイン*1が書いた推薦状は、それまでなんの効果ももたらさなかった。

そこでカフカは、マックスに、プラハでのありとあらゆる可能性について知らせてくれるように頼んだ。「生活の支えや、その負担を軽くすることについて、彼はどんな展望を持てるだろうか。……チェコスロヴァキアの市民権を取得したとして、それは彼の大学入学許可やその他の生活に関して、本当に役立つだろうか。(16)」

クロップシュトックが与えられた機会を自分の利益のために利用し尽くすことにいかに長けていようとも、また非凡な人々――詩人たちや卓越した医師たち――との交際を得て、彼らの放つ輝きの恩恵にいかに浴そうとも、また彼らのグループに受け入れられることをいかに栄誉と心得ていたとしても、彼はしばしば不幸であり混乱しており、絶えず金銭の不足を伴う自分の運命に寄せられるあらゆる援助、あらゆる親切に深い謝意を表すことを決して忘れなかったのである。

彼は、カフカに気に入られようと出来る限り努めた。後には、マン一族に対する感謝の念から、マンの息子クラウスがブダペストのシェスタ療養所で薬物禁断療法を受ける際には、出来る限りの助力を惜しまなかった(17)。

クロップシュトックは、カフカが友情の最初の日々において認めたように、生来の医学者に特有な、自己犠牲的な無私の人であった。カフカは、クロップシュトックを、キリストとドストエフスキーに人生の指針を見る愛に飢えた反シオニズムのユダヤ人、偉大な努力家、頭脳明晰で文学的素養に優れ、粗野な全体的印象にもかかわらずヴェルフェルに似ていなくもない人物として描写している。彼は実際、赤ら顔の金髪で率直な眼差しをしており、体つきは大柄でたくましかった。この人物が病気であるとは一見しただけではわからない。彼の魅惑はその表情から発しているのだが、それはこうだと明確にいうことが出来ない種類のものである。「あのような悪霊的な見世物を、これまでぼくは身近で見たことはない」ともカフカはいうのだった。「そこに働いているのはよい力なのか、悪い力なのかわからない、しかし、いずれにせよ、それは恐ろしく強力だ。中世であれば、彼は憑依者と呼

ローベルト・クロップシュトック

ばれていたことだろう。」[18]「シャツのまま、もじゃもじゃの髪でベッドの中にいる、ホフマンの子供のための物語につけられた銅版画に出てくるような少年の顔をして、しかも生真面目に緊張している。夢の中でさえもそうだ。そのような姿のままで、彼はまさに美しかった。」[19]

ユダヤ教聖職者エーデルシュタインの娘リリーも、クロップシュトックを魅力ある男と感じていた。彼の手紙は、特別の印象を彼女とその父親に残したのである。「それは、普通の散文ではありませんでした。詩でした」とリリーは回想している。「しかも、それは青インクで、均整のとれた美しい字で書かれているのです。」彼の複雑でむずかしい性格とは完全に相反する、ある種、調和的な側面である。[20]

クロップシュトックは、カフカと周囲の世界との媒介者となった。「ぼくは、実際、あの医学生とばかり付き合っている」と、カフカはマックスに書き送る。「その他のことは、すべて副次的なことです。誰かがぼくに何かを要求したいときには、この医学生にそのことを伝えます。また、ぼくも誰かに用があればそれを医学生にいう。にもかかわらず、ぼくは決して孤独ではない。それどころか快適な生活といってもよい。とても好意的な人々と入れ替わり立ち替わり交際することは、表面的なこととはいえ、なかなか快適なものであるといえる。もちろん、ぼくはみんなの目の前で溺れることなく、そして誰もぼくを救うには及ばず、彼らも溺れてしまわぬほどには親切だったということなのだ。また、彼らが親切であるのは相応のわけがあった。ぼくは、かなりのチップを手渡していたのだ。」[21]

日々は「倦怠のうちに、無為のうちに、雲を見つめているうちに、そして、もっとやりきれない状態のなかで」過ぎていく。カフカは、このサナトリウムではこれまでほとんど一冊の本も読まず、朦朧状態で横になっていることもしばしばだった。子供の頃の彼は、祖父母のそのような姿を見ておどろいたものだった。(22) だが、クロップシュトックのおかげで、ようやく療養所の職員や他の患者たちとの交友関係が芽生えてきつつあった。

まるで、母親が子供にするようなやさしい心遣いを見せる、二十五歳の舞台装置職人アルトゥール・シィナイをカフカは殊のほか好んだ。「……マトリアリで初めてドイツ語を学んだという、惚れ込みたくなるような若者」、「ひどい歯をしており、片目は視力が弱く、ほとんど潰れている。壊滅的な胃、神経質、……皮肉屋、不安だらけ、気まぐれ、自信家、ひどい貧乏。」この青年は社会主義者で、あらゆることに興味をもち、あらゆる会合に顔を出していた。青年は、マックス・ブロートのことも知っており、イリ・ランガー*2がミスラヒ・グループ*3を結成したときにも関与していた。(23)

患者でありながらときおり歯科医療も引き受け、一九二三年にマトリアリで死んだ――いつでも口笛を吹いていた――歯医者ドクター・グラウバー、後にマトリアリの医長となり、さらにはホルニィー医師が自殺した後、オーバーシュメックスにサナトリウム《ベルヴュー》を創立した若い医学生ホルツマン、これらの人々にカフカは大きな共感をいだいていた。

この友人たちの輪のなかに、四人の若い女性がいた。ハンガリー人のイロンカ・ロート、こ

療養客たち。前列左からローベルト・クロップシュトック、ドクター・グラウバー、カフカ、その後ろはイレーネ・ブガシュ、スザンネ・ガルゴン、マルガレーテ・ブガシュ、3列目の右はイロンカ・ロート

のサナトリウムの共同所有者であるアレクサンダー・ブガシュの二人の娘マルガレーテ及びイレーネ・ブガシュ、そして絵のように美しく、かつ陽気で博識なビーアバウム出身のスザンネ・ガルゴンである。スザンネは、シィプサーの豪農であり地域の裁判官、代議員でもあったミヒャエル・ガルゴンと結婚していた[24]。

またチェコの職業軍人アントン・ホルプがいた[25]。アントン・ホルプは怖いもの知らずのスキーヤーであるばかりでなく熱狂的なフルート奏者、素人画家であり、その皺の多い乾いた材木を思わせる外見は、シラーとシニョレリ*4の死者たちを混ぜ合わせたようなものを思わせた。彼は療養所の本館で自分の作品の展覧会を催し、それについてカフカは『カルパティア・ポスト』紙に、クロップシュトックはハンガリーのある新聞に批評記事を書いたことがあった。

「健康になること――その可能性は閉ざされている[26]」

共同の催しや議論などさまざまな気晴らしがあるにもかかわらず、カフカの考えはやはり彼自身の病気をめぐるものばかりであった。冬は体に堪えた。カフカ自身、病状を「これまでの倍以上もひどくなった」と記している。かつて一度も彼は、「このような咳、このような呼吸困難、このような衰弱」を経験したことがなかった[27]。

レオポルト・シュトリンガー医学博士はカフカの障害を肺の疾患によるものと見ており、肺の疾患は、そのものとして顕在化してこない間は胃と神経の衰弱という偽装の形を取ると考えるアンドレアッティ医学博士と見解をともにしていた。「多くの肺疾患は――そうぼくは信じているのだが――、そのような偽装状態を越えて進行することはない」と、カフカはマックス宛ての手紙に書いている。(28)三月始め、医者は詳しい診察の後で、カフカの肺の症状には本格的な回復が見られると診断している。「しかし、それにもかかわらず、左の肺には今なお深刻な病状の変化に基づくかなり明瞭な異常が確認できる。それゆえ、プラハで仕事を再開すれば、深刻な事態を招くだろう」というのである。

シュトレリンガー医学博士は、五、六ヶ月間、療養休暇を延ばすように勧告している。「その後仕事を続けていくには、おそらく毎年六週間の保養休暇が必要とされるだろう」と所見には記してある。(29)この考えにしたがって、カフカの休暇は一九二一年八月二〇日まで延長されることになった。

春には咳や吹出物、呼吸困難は少なくなり、熱が出るのもごく稀になった。だが、健康状態は思うように改善されなかった。彼は確かに数キロ太ったが、大腸カタル――カフカは、ひょっとしたら大腸癌かもしれないと恐れていた――により、体重は再び減少する。それに加えて、非常な痛みを伴う痔と「手に負えない膿傷」が脛に出来た。彼は、アイロニカルに次のように記すのである。「三ヵ月の間によくなったものは、肺というよりはむしろ天候である。(30)」カフカはしばしば上半身裸になり、日の当たるバルコニー、あるいは森の中にある臥床療法室で横になったが、はかばかしい成果は得られなかった。

オストラウ朝刊新聞の医学についての特集記事に力を得て、療養を砒素注射によって強化しようという医者の試みを、当時ちょうど激しい議論の的になっていたツベルクリン療法と同じくカフカは拒否する。その記事によれば「自然療法は、不当に軽蔑されるばかり」なのだ。「結核が局部化されることも考えられる」と、彼は四月の終わりにマックス宛てて書き記した。「あらゆる病気は、最終的には局部化される。つまり、それは戦争の場合と同じなのだ。すべての戦争は終結させられるのであり、どれひとつとしてみずから終息することはない。結核は、必ずしもその住処が肺にあるわけではない。ちょうど世界大戦の原因が、最後通牒にあるのではないように。存在するのはひとつの病気だけであって、複数の病気が存在するのではない。たったひとつの病気が医学によって、めくら滅法に、ちょうど果てしない森の中を動物が追われていくように、追われていくのである。」(31)

五月のはじめ、カフカは、自分には快癒ということがあり得ないという確信をいだくにいたる。「不安の波」が、その「いやいやながら生きているだけの身体」の上をさっとかすめていく。そして、その「身体を、脳がみずから成しつつあることに驚きながら、今再び自分自身に抗しても、無理に生の方向と向かわせようとしてやまない。」(32)

この不安な気持ちは、疑いもなくカフカが最近受け取ったミレーナの手紙と関係していた。彼女の胸の病気――彼はそれほど深刻に受け取っていなかった――が悪化してしまい、ミレー

vereinzelte trockene Rhonchi.
Beim Vergleiche der zwei Lungenbefunde, ist es ersichtlich, dass im Befinden des Patienten eine wesentliche Besserung eingetreten ist. Nichtsdestoweniger besteht aber noch in der linken Lunge, auf einen krankhaften Veränderungen hinweisender beträchtlicher Lungenbefund. Aus diesem Grunde befinde ich es als unratsam, die bisher kurorts befolgte Kur abzubrechen und die Aufnahme einer Beschäftigung in Prag würde auf das Leben des Patienten gefährdend einwirken.
Patient benöthigt von jetzt ab gerechnet, einen noch 5–6 monatlichen Kuraufenthalt in der Hohen Tátra, um seine Leistungsfähigkeit zu erlangen.
Um danach seine Leistungsfähigkeit zu wahren, würde Patient voraussichtlich alljährlich bloss einen sechswöchentlichen Erholungsurlaub benöthigen.

Tatranské Matliary d. 11. III. 1921

Dr. L. Strelinger
Lungenfacharzt

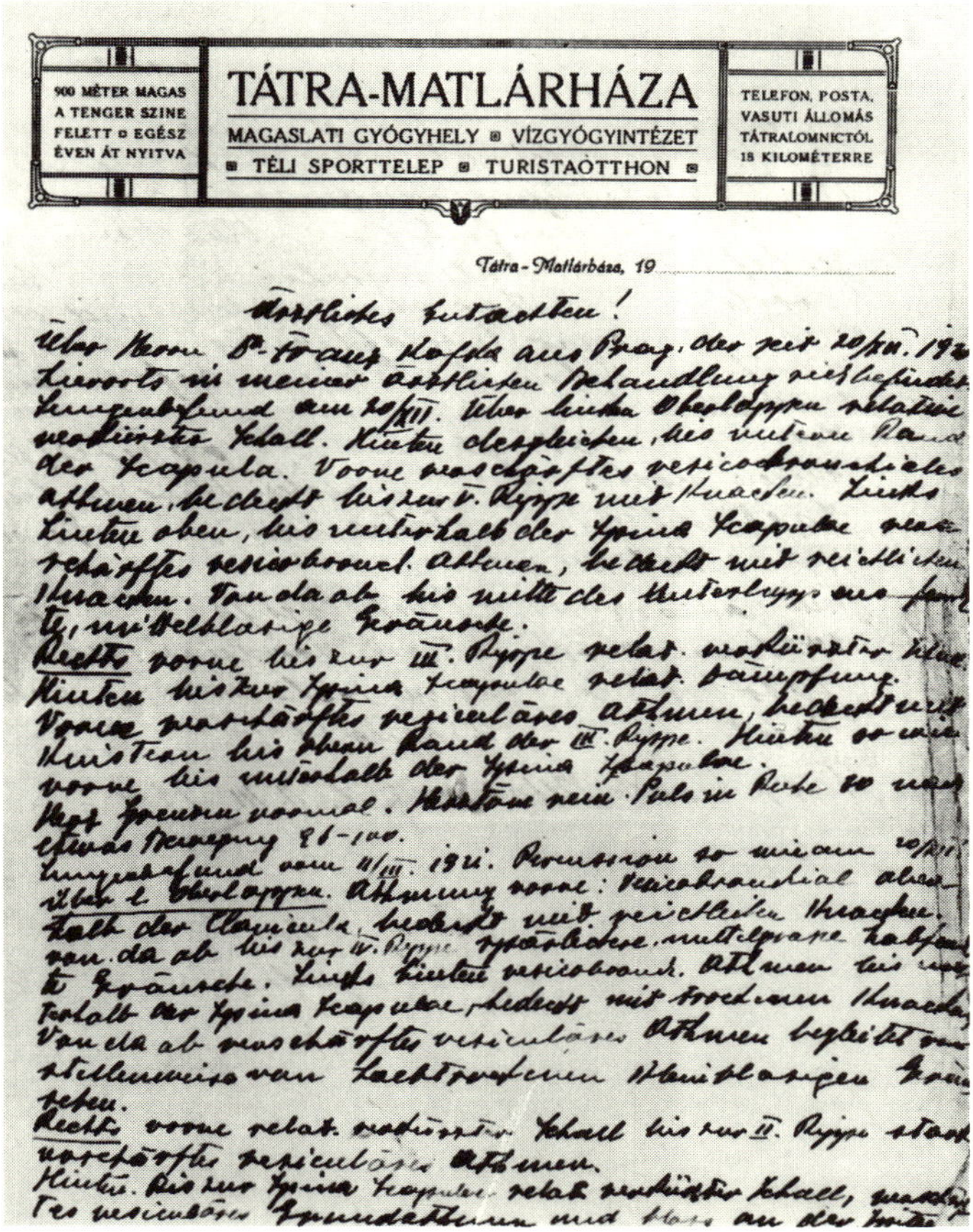

900 MÉTER MAGAS A TENGER SZINE FELETT ▫ EGÉSZ ÉVEN ÁT NYITVA

TÁTRA-MATLÁRHÁZA

MAGASLATI GYÓGYHELY ▫ VÍZGYÓGYINTÉZET

▫ TÉLI SPORTTELEP ▫ TURISTAOTTHON ▫

TELEFON, POSTA, VASUTI ÁLLOMÁS TÁTRALOMNICTÓL 18 KILOMÉTERRE

Tátra-Matlárháza, 19

Ärztliches Gutachten!

Über Herrn Dr. Franz Kafka aus Prag, der seit 20/XII. 1920 hierorts in meiner ärztlichen Behandlung sich befindet.

Lungenbefund am 20/XII. Über linkem Oberlappen relativ verkürzter Schall.

療養所の医師、シュトレリンガーの診断書

Velectěný pane řediteli, 5–8

Jsem zde již déle 5 neděl
a maje tak jistý přehled o možném
účinku svého pobytu zde na moje
zdraví dovoluji si Vám velectěný pane
řediteli zaslati o sobě stručnou zprávu.
Ubytován jsem velmi dobře (Tatranské
Matliary, Villa Tatra), ceny jsou zde sice
značně nižší než v Meranu ale se
zřetelem ku všeobecné drahotě na Sloven-
sku přece dosti mírné.
Svoji chorobu a její zlepšování se
mohu celkově posuzovati dle své těles-
né váhy, horečky, kašle a síly dechu.
Tělesná váha i zevnější vzhled můj
se značně zlepšily. Přibral jsem již přes
4 kg a mám za to, že i dále budu
přibírati. Horečka se vyskytuje řidčeji,
někdy po několika dnů vůbec ne,

a bývá menší; ovšem většinu dne
ztrávím leže a snažím se vystříhati
se každé námahy. Kašle není sice
dosud méně, jest ale lehčí, takže jej
lépe snáším. Na mé síle dechu
konečně se dosud asi sotva něco
změnilo. Jest to právě velmi zdlou-
havá věc, lékaři zdejší sice tvrdí
že se zde musím úplně vyléčiti ale
v podobná tvrzení nelze ovšem úplně
se spoléhati.
Vezmu-li celkový stav svůj v
úvahu, cítím se zde lépe než v
Meranu a mám naději že se s
lepšími výsledky také odsud vrátím.
Jest také možno že zde trvale
nezůstanu a že přesídlím do sana-
toria v Novém Smokovci neb v
Tatranské Polijance.
Děkuji Vám velectěný pane ředi-
teli při této příležitosti opětně za

laskavost kterou jste mi při udělení
této mé dovolené prokázal a
zdravím Vás srdečně.

Váš
zcela oddaný
Dr F. Kafka

27. I. 21

Blahorodý pan
pan
Dr Bedřich Odstrčil
ředitel úrazové pojišťovny dělnické
Praha
Poříč 7

5/6

労働者災害保険協会の所長宛てのカフカの手紙

拝啓、私は、すでにここに5週間以上、滞在しています。ここでの滞在が、私の健康状態に及ぼす影響について、一定の見通しがたちましたので失礼ながら所長に短くご報告させていただきます。宿泊の条件は、良好です（タトラのマトリアリ、タトラ荘）。経費は、メラーンにおけるより、わずかに高いですが、スロヴァキアでの一般的な物価高を考えれば、適当である、というべきでしょう。

私の病気、その回復の状況については、私は、体重、熱、咳、呼吸の強さによって判断できます。

体重、及び私の外観は、かなり良くなりました。すでに4キロ増えましたし、これからも増えるだろうと考えられます。発熱は、以前よりも少なくなり、数日は、まったくでないこともありますし、また低くなりました。いずれにせよ、私は、一日の大部分を横になって過ごし、あらゆる緊張を避けています。咳は、少なくはならないものの、軽くなり、それゆえ耐え易くなりました。呼吸の強度については、これまでほとんど変化は見られません。これは、時間のかかりそうな代物です。ここの医者は、しかしながら、私が、ここで完全に治していかねばならないと主張しています、しかしその言葉に、全面的に従うわけにもいきません。

全体的状態を鑑みれば、私は、ここでメラーンに居たときよりも良くなっていると感じますし、また、より良い結果をもって、ここから帰るのではないかと期待しています。ここにずっと滞在することも可能ですし、タトラのノヴィ・スモコヴェチ、またはポリヤンカに移ることも可能です。私に、この休暇をお与えくださいました所長のご厚意に、ここで改めて感謝の意を表し、心よりお礼申し上げます。

敬具

フランツ・カフカ

1921年1月27日

ナの父は娘と不意打ちのように和解して、彼女に高地タトラで療養することを勧めていた。彼女がその提案に同意しなかったにもかかわらず、カフカは彼女が考えを変えるかもしれないと恐れて、マックスに最新の情報を伝えてくれるように頼んでいる。彼は、マトリアリでもプラハでも、ミレーナには会いたくなかったのだ。場合によっては、カフカはすぐにも当地を出発してしまうつもりであった。「なぜなら、彼女と再会しても、もはやそれは絶望で髪をかきむしるどころではなく、頭蓋と脳にみみずばれを作ることを意味するのだから。」(33)

ミレーナは、カフカに一度だけ便りをくれるようにと頼み、自分の方からは返事を出さないという約束をする。古い傷口が、再び口を開けてしまったのだ。

数日後、ウィーンの抒情詩人アルベルト・エーレンシュタイン[*5]がカフカのもとを訪れた。彼は、生がミレーナという姿を借りてカフカに手を差し伸べているのであり、カフカは生死の選択を迫られているのだということを納得させようとした。

なんという語りかけであろう。

ミレーナの問題について、マックスと手紙で議論した拷問のような二週間の後では、カフカは結局、また具合がよくなってきていると感じた。ローベルト・クロップシュトックに助けてもらって、彼はあまり遠くない森の中に草地を見つけ出す。それは、二つの小川の間に挟まれた静かな島であった。その島で彼は三日間続けて午後を過ごした後、眠り込んでしまうほど元気になる。

しかし、このように良好な瞬間に恵まれたからといって、それ以上の好転はもはや期待し得ないということに誤解の余地はなかった。六月には彼の体重はおおよそ六十五キロほどであったが、マトリアリでの滞在の間に八キロは太った。総じて、発熱は見られなかったが、呼吸の状態は良くなかった。

カフカの療養休暇ははかばかしい成果が得られぬまま、終わりの時期に近づいていた。九ヵ月後に再び仕事に戻らなければならないと考えると彼の心は重くなり、マトリアリを去るのがつらくなってくる。去るというのならば、「自分にふさわしく」「少しづつ」去るのが一番好ましかったのだが、「抗うことも出来ない肺の発作」や寝ていなければならないほどの発熱のおかげで、職場に復帰するのは数日延期された。

その結果、ようやく八月二六日に、カフカは帰郷の途につくのである。(34)

「死を考えることの永遠の苦しみ」

故意の病

生活を変えることは、カフカには恐ろしく困難なことであった。

「絶え間なく続く病の始まりという不幸」、「完全なお手上げ状態であるという感情」が、かつてなかったほど重苦しく彼の心にのしかかる。自己観察を余儀なくされたカフカは、「役に立つことを何も学ばずに」、自分を「肉体的に衰弱せしめたこと」の「背後には」ひとつの意図があったかもしれないと、みずからを疑うようになる。「ぼくは、人の役に立つ、健康な生の喜びなどというものに紛らわされ、煩わされたくはなかった。けれども病気と絶望も、同様にかかわり合う価値のないものであるかのようにして過ごしてきてしまったのだ。」

彼の心を揺さぶる自責の念、「ここ数年にわたり、ぼく自身をすみずみにいたるまで破滅させたこと……これは故意になされた行為だった」という自責の念は、人生は基本的に無意味なものであるという思念に、幾度となくカフカを誘い込むのであった。「何もかも、すべては幻想だ。家族も、職場も、友人も、道路も、遠いか近いかの差はあってもすべてが幻想なのだ。女性もそうだ。とりあえずの真実は、しかしながら、おまえが窓も出口もない独房の壁に頭をぶつけているということだけだ。[1]」

彼はますます内面的になり、周囲の世界から遠ざかる。

「……ぼくは、今はもう人々の視線でさえ耐え切れない。……何時間もかかって、咳をしながら朝の眠りへと赴く。出来るならばこの生から泳ぎ出してしまいたいところだ。そうすることは、その道のりの一見したところの短さゆえに、ぼくには簡単なことに思われた」と彼は、ローベルト宛てに書いている。[2]

頓死の可能性を頭の中でもてあそぶことには、独特の魅力がある。それはおそらく、そのような精神の上での戯れは、時としてそもそも生き続けることを可能にするまさに英雄的なペシミズムへと高まるからなのだ。結局そのようなペシミズムは、臆病な楽天主義よりも強靭であるといえるかもしれない。カフカは、それを知っていた。それも数年前から知っていたのである。

最初の許婚者フェリーチェとの関係が終息する直前、彼は次のように考えるようになっていた。「自分が駄目な存在だという現実」から逃れるためには、「自殺ではなくて」「自殺について思いをめぐらせること」が最善の方法である。しかしそれによっても、このようにして生き続けなければならないということの苦しみは、少しも減少しない。「ぼくは、……頭の中だけで揺れ動いてる、しかしそれは、残念ながら、死そのものではなく、死を考えることの永遠の苦しみである」(3)とカフカは、かつて書いていた。身体の衰弱がつのり、回復への希望が消えはじめている状況の中では、いやが上にも現実味が増してくる言葉である。

職場から帰ってくるや否や、すぐに横にならねばならなかった。それほどカフカは、疲れており、悲惨な自分を感じるのであった。最後の支えである文学への信頼すら、疑わねばならぬほどの最低の状態だった。この頃作成され、自分の死後、書いたテキストをすべて燃やしてくれとマックスに頼んでいる遺言書が、何よりも明白にこのことを物語っているのである。(4)九月一三日、コデュム医学博士はカフカを診察して、マトリアリで始めた肺病サナトリウムでの療養を必ず続けるように勧めた。しかし詩人は、他の選択肢がもはや残されなくなるまで、再び三年の月日をそのままやり過ごしてしまうのである。

一九二一年一〇月二九日、再び休暇が認められ、翌一九二二年二月二日までの休みが許可された。カフカは、プラハにとどまることを選んだ。彼はまわりの病人たちにうんざりしていたのだ。ほとんどの時間をカフカは家で、家族に世話をされ、甘やかされて過ごす。無為のうちに、退屈しながら、この「孤独と共同体のあわい」において失われてゆく時間を悲しみながら。(5)

ときおり、マックス、イリ・ランガー、フランツ・ヴェルフェル、アルベルト・エーレンシュタインらの友人たちが訪ねてきた。そしてカフカは、再び新たな不安をかかえ、眠れぬ夜を過ごさなければならなかった。プラハにやって来ていたミレーナが彼のもとを訪ねてきたからある。二人は、自分たちの激しい情熱はもう鎮まってしまったことを感じ取りはしたものの、しかし、一種の心の底からの結びつきは、二人の間に変わらずに存在していた。カフカは躊躇なく、自分の日記をミレーナの手に委ねる。そして彼女が、再びウィーンに帰ってしまうと、限りなく悲しくなるのだった。

この三年間というもの、カフカは、ほとんど日記をつけなかった。今再びそれを始めるにあたって、自分にはそもそもまだ日記をつける力があるのか、と自問している。カフカは、また一九一七年初めに開始したヘブライ語の勉強も再開し、ときおり劇場へも出かけた。極めて高く評価していた朗読者、ルードヴィッヒ・ハルト[*1]の講演を聞き、教育上の問題について議論する。甥のフェリックスと妹の五人の娘たちと接する機会の多くなったこの時期、みずからの不幸だった子供時代のことを思うにつけ、この子らの幸せを気づかうのは、自分の義務であると考えるのだった。そして『ガリヴァー旅行記』の中の核心的文章をもって「子供の教育は、あらゆる人々の中でもとりわけ、両親には絶対委ねられてはならないものである」と自分の考えを要約するのである。(6)

ローベルト・クロップシュトックの身の上についても、彼は、盛んに関心を寄せた。ローベルトは、ハンガリーとマトリアリに交互に滞在しており、マトリアリにおいては、自分の医学上の知識を実習生として深める機会も得ている。プラハに移住しようという彼の決心は、依然として固かったが、カフカは、彼にこの町についての、——どう見てもかなり主観的経験に由来するとしか思えない——短所について語り、考え直すように言う。

「たとえば、暖かい午後に旧市街を歩くと、とてもゆっくり歩いていても、まるで長いこと換気がなされなかった部屋の中にいるような感じがするのです。しかも新鮮な空気を得るため、窓を開ける力さえ、自分にはないように思われるのです。こんなところにずっといるのですか。解剖室に。冬暖房がきき過ぎで、しかも風通しの悪い部屋に。(7)」

何度もカフカは、高地タトラでの知り合いについてこの友人に尋ねている。ガルゴン夫人、シィナイ、健康状態のあまりよくないグラウバー、ハイデルベルクで医学を学ぼうとしていたホルツマン、そしてとりわけ、どこかの美術アカデミーを修了することを考えているイレーネ・ブガシュについて。カフカは、イレーネの才能はまるっきり信じていなかったが（「まったくナンセンスな企て」）、彼女が、たぶん入学試験に失敗するだろうと考えると、「世界に対する恐れのあまり、大地の穴の中にもぐりこみたくなる」のであった。だから彼女を助けるためには、いかなる骨折りも厭わなかった。

園芸学校ならばまだよかろうと、カフカは考えていた。実際、ミンツェ・アイスナーと妹オトラには園芸技術の教育を受けることをつよく勧めており、その根拠としてカフカは、肉体労働のもたらす健康の素晴らしさのみならず、女性の解放に与するみずからの考え方をもこまごまと書き綴っている。だがそれにも拘らず、彼は、イレーネのためにアカデミー宛ての素晴らしい推薦状を書く。そして内心では「これを引き裂くことが出来るなら、もっと素晴らしいだろうに」と思うのだった。だからイレーネから、ドレスデンのアカデミーに合格したとの報せを受けたとき、彼は、これこそ本当の奇跡だと思うのである。(8)

自分の人生を他の人々と比較すると、たとえそれが、みずからの願望実現のために闘っている友人たちであろうと、散歩の途上に出会い、その幸福を彼がうらやまないではいられない若い女性や夫婦連れであろうと、彼は、いつでも自分の無能ぶりを眼前に突きつけられる思いでいっぱいになるのだった。

自分はチャンスを逸してしまった、という慚愧の念に耐えず、それゆえに、「生の滔々たる流れは、自分を一度も捉えてくれなかったし、自分はプラハから決して離れられず、スポーツや手仕事をやる機会に恵まれたことも一度もなかった」などと嘆くのは、正当な態度ではないとみずから認めないではいられなかった。「自分は、そのようなチャンスが提供されても、おそらく、遊びの誘いと同じく、たぶんいつでも断ってしまっていただろうから。……たぶん全般的な弱さから、そして特に意志の弱さから。(9)」

彼は展望のない愛情関係に迷い込み、どうあっても自分の嗜好性に合わない勉学を選んでしまい、現在の職業は、彼の天職をどうしようもなく抑圧する。彼は、「頭の中で、多くのことに苦しみ、かつ耐えてきて」、今や、自分がくたくたに疲れていると感じる。自分の頭の周りを「常に、不気味な鳥」が、飛びまわっており、周囲は、「危険」ばかりで、「出口はない」(10)。

「地上的境界への最後の攻撃」(10a)

一九二二年は、カフカを「底なしに絶望させた」神経機能の麻痺で始まった。眠ることも、起きることも、彼には不可能になる。つまり「生きていくこと、もっと厳密にいえば、生を持続していくことが耐えられなく」なるのである。

ミレーナは、再びカフカのもとにやってきた。彼女は、「たしかにいつも通り、愛らしく誇りに満ちていたが……幾分疲れており、いくらかぎこちなくもあった。」それゆえ彼は、彼女の訪問を、憂鬱な病人見舞いと受け取ったのである。そして、ミレーナのこの距離を置いた態度を解釈しようとして、自分について「何か決定的に悪いことを、彼女は日記の中に見つけてしまったのではないか」と自問する。それにより、「今や、疑いもなく、……極限状態にまで至っている」カフカの恐ろしい孤独感は、強まるばかりであった。それが「狂気にまで至ること」は、彼には、極めて必然的であるように思えた(11)。

一月二六日、休暇は四月の終わりまで延長され、カフカはリーゼン山地[*2]のシュピンデルミューレ[*3]に行くことが出来た。しかしホテルの客たちの間にあって、彼は自分がいかに見捨てられた状態にあるかを、ますます意識するのだった。つまり、相手が人間ならば、生きている限りは、その後を追うことは出来ようものの、人々ばかりでなく、自分は「人々とかかわり合うための力」も失ってしまった、とカフカは感じたのである。昼間を彼は、散歩やスキー、橇などで過ごすが、「絶望的に眠れぬ」夜は、いつもある一つのことだけを考えながら過ごした。その考えとは、肺炎を待ち望むことであり、彼は皮肉っぽく、以下のように記している。「どの病人にも、それぞれの守護神がいる。肺病病みには、それは窒息死をもたらす神だ。[12]」

転地療法にしても、基本的には儀礼的関係しかもち得なかった医者にしても、回復をもたらすことはなかった。二月の終わり、カフカは再びプラハに帰る。具合はひどく悪くて、数日間、ベッドに伏していなければならなかった。三月六日、彼は、今度こそすべてが終わりであるかのような最悪の晩を経験する。三日後には、「新たな、額から汗が噴き出してくるような悪寒や悪夢、そして苦痛が引いてゆく時でさえ「再び健康になることはもはやない」という苦々しい感情に襲われるのだった。[13]「人が神経のせいにするところのものから、わが身を救う」ための唯一の可能性を、彼はしばらく前から、再び書くことに見出していた。「少なくとも一年間は」、彼は、「ノート一冊だけを頼りとして身をひそめ、誰とも話を」したくなかった。[14]

その間に、クロップシュトックのプラハ旅行は、具体的な形を取り始めた。彼は、すでにチェコの国籍取得を申請し、カフカの援助により滞在許可書を手にしていた。カフカは、この友にプラハ行きを諦めさせようと、無駄な説得を試みてはいたのだが。「わたしが、あなたに言

冬のプラハ

えることは、あなたを干からびさせるマトラールから[*4]、外の世界へ、人々の間に出ていらっしゃい、ということだけです。あなたは、ここの人々を、自分で気付いているよりはるかに上手に相手をしたり、元気づけたり、導いたり出来るのです、そしてあなたは、すぐにも分かってしまうことでしょうが、」とカフカは、彼に警告する。「あなたが存在すると思っているわたしの幻影、わたし自身は、驚きのあまり一切何も語らず、そこから逃げ出したくなるような幻像は（それ自体が恐ろしいのではなく、わたしとの関連において、ということですが）、存在しないのであり、実際にいるのは、なかなかやりにくい、自分の中に埋められてしまい、開くことが出来ない鍵によって、みずからの中に閉じこめられてしまった人間だ、ということです。その人間には、だが、物を見る目はあり、あなたが前進するために踏み出す一歩一歩を、喜びをもって見ているのです。[15]」

五月始めに、クロップシュトックは、ほとんど二年にわたる学業中断の後、プラハのドイツ系大学に暫定的に聴講手続きをする。初学者のための生理学演習を、彼はドイツ人学生たちを非常にひいきしていたアルミン・チェルマク・ザイゼネッグ教授のもとに登録をした。この人物のウィーン在住の兄弟、エーリッヒは、〈メンデルの法則〉の三人の再発見者のひとりとして知られていた。

住居の問題がまだ解決していなかったので、カフカは、ボルツァーノ街七―一二―一二の宿を見つけるまで、とりあえず自分の家に住まわせた。[16]

カフカは、保養休暇に続けて、通常の有給休暇もとったので、職場に復帰するのは、ようやく六月一二日からということになっていた。ところがコデュム医師は、カフカの健康状態が、当面改善されることはほとんどないだろうとの見解であり、最善の治療法が発見されるのも数年後であろうと考えていた。カフカは、臨時的に退職扱いにしてくれるよう六月七日、職場に申請する。この時の彼の申し出は認められた。一九二二年六月三〇日付で、カフカは、七月一日からの年金生活を許可された。そこで六月二三日、オトラが住居を借りているルシュニッツ河畔のプラナ*5へ旅立つのだった。

妹の世話を受けるときはいつもそうなのだが、カフカは最初の頃はとても調子がよかった。しかし間もなく、「騒音に聞き耳を立てると必ずなにか聞こえてきたり、頭の中が混乱したり、こめかみが痛んだり」し始め、その結果、七月四日、再び倒れてしまう。七月一五日から二〇日までの間に、オスカー・バウム*6をゲオルゲンタールに訪ねようとするが、しかし彼は出発に際して、ひどい恐怖を覚えた。そもそも変化というものが、どんな些細なものでもひどく怖いのだった。「最終的な、あるいは最後から二番目の理由は、つまりは死への恐怖なのです」(17)とカフカは、自分の優柔不断の理由をこの盲目の友に白状している。オトラは、兄のこの恐怖心を身体的な衰弱から説明しようとするが、カフカ自身は、心理学的考察によりそれを根拠づける。つまり死ぬことは、彼がこれまで真の意味で生きてこなかったから、恐ろしい恐怖なのであり、彼がそれまで戯れてきたこと、すなわち「これまでの人生の間ずっと、わたしは死んで

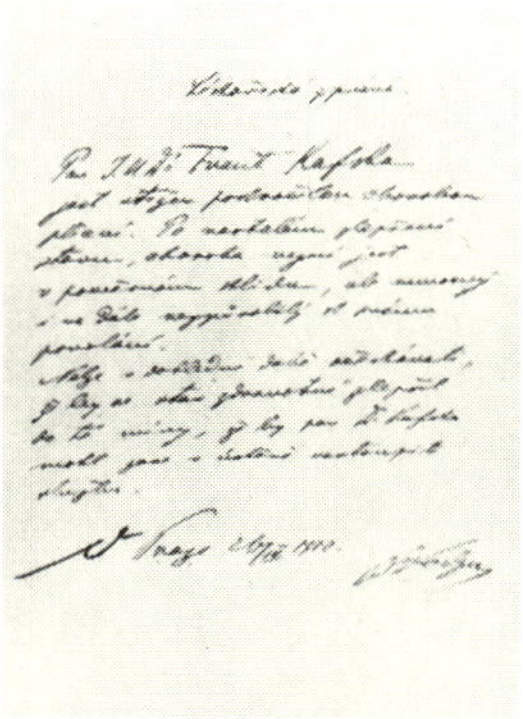

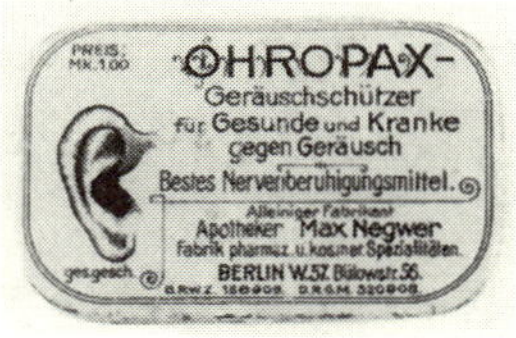

（上）コデュム医師による1922年4月26日付の健康診断書。ここにカフカが就労不可能である旨が証明されている。「J. U. Dr.フランツ・カフカ氏はかなり進行した結核にかかっています。病状はいくらか快方に向かっており、現在は比較的安定した状態にあります。けれども、病人は依然として仕事をするのは不可能です。近い将来に、ドクター・カフカ氏の健康状態が就労可能になるほど回復することは期待できません。プラハ、1922年4月26日」

（中）極端な騒音過敏症であるカフカは耳栓を使用していた。「……これをもっているのが、少なくとも何がしかの慰めです。」ローベルト・クロップシュトック宛てに彼は以下のように書いている。「静けさが、静けさがぼくには必要なのです……耳栓なしでは、夜も昼もやっていけなかったでしょう。」百姓の少年が日曜日に吹く狩りのラッパの音も、彼には耐えがたかった。そして、彼は悲しく自問する「なぜ一人の人間の喜びが、ほかの人間にとってはその喜びを妨げるものになるのか」

（下）オスカー・バウム

いたといってもよい、そして今やわたしは本当に死ぬ」ということが、現実に起ころうとしている故の恐怖なのである。(18)

旅行は、取り止めにすべきであろうか。もしそう決めれば、ボヘミアから旅立つ可能性は自分にはもうなくなるだろうとカフカは恐れる。「……次にはぼくの生活はプラハに限定され、それから部屋の内部だけになり、それからベッドの上だけになり、それから体の一定の姿勢になり、そして最後には限定される物さえもうなくなるだろう。そうなると、たぶん書くという幸せさえも、ぼくはみずからすすんで……放棄してしまうことになるのだろう。(19)」

七月五日、彼はオスカーに、やはり行かれないという内容の電報を打つ。

オトラは、九月一日にプラハに帰るつもりであった。だがカフカにとっては、それはまったく思ってもいないことだった。プラナでひとり、どうすればいいのか。オトラにすっかり甘え放しだった後では、レストランでのひとりの食事は、決して快いものではなかった。その上いつだって、あの死の恐怖があった。書くことによってさえ、カフカはこの厭わしさから逃れることは出来なかった。小説『城』の執筆続行もうまく行かず、神経は再びバランスを失い、その結果、八月の終わりには、カフカの精神は崩壊状態となった。その状態が、九月九日頃に繰り返された。この四番目の昏倒は、大家夫人のまったく思いもかけない賄いの申し出の結果引き起こされたものだった。夫人はこれまでカフカに対して、「表面的には親切ではあったが、実際には、冷たく、意地悪く、陰険」だったので、この突然の、皆目説明できない態度の豹変ぶりには、ますます疑わしさが募るばかりだったのである。[20]

カフカは、父親が病気になったので、見舞いのため四日間の予定でプラハに赴く。彼は、ほんの短時間この町にいただけで、もうやりきれなくなる。だがクロップシュトックの方は、この地を殊のほか快適に感じたようだった。彼はプラハで勉強を続けるつもりでいたが、カフカは、マックス・ブロートが、当時、プラハよりももっとひんぱんに滞在していたベルリンに行くことを勧めた。紹介状には、事欠かないはずだった。マックス、フェリックス・ヴェルチュ、そしてエルンスト・ヴァイスが、この医学者の卵を喜んで支援しようと待ちかまえていたのだ。「プラハの価値には、疑わしいものがあります」[21]とカフカは、彼に一考を促すが、クロップシュトックは、自分の欲するところを知っており、プラハにとどまるのであった。

プラナではほとんど回復せぬままカフカは、九月一九日に帰郷する。今や、全面的に頼みとせざるを得ない家族による世話を、彼は、心を重くする敗北と感じ、友人たちと会うこともひどく重荷だった。「それでも、まだぼくは生きている。けれども誰かが訪ねてくれれば、ぼくは本当に、殺されてしまうだろう。その後で力をふるって、ぼくを再び生き返らせることも出来なくはないのだが、それほどの力をもってる人はなかなかいないのだ。」[22]

かなり経ってから、フランツ・ヴェルフェルがオットー・ピック*7を伴って訪ねてくる。この時にカフカは、まさに「いやなもののうちでも、もっともいやなもの」と感じていたヴェルフェルの悲劇『沈黙者』を、厳しく批判してしまう。その結果友人ヴェルフェルと、自分が激昂

フランツ・ヴェルフェル

していてその存在をほとんど気にもとめなかったオットー・ピックを傷つけたことで、後になって自分をひどく責めたのだった。「だが、他にはどうしようもなかったのだ。ぼくは、心の中の少しばかりの嫌悪を、しゃべり散らしたのだ」と、彼は、マックスに弁明している。気のいいヴェルフェルは、それにも拘らず、カフカをヴェニスに招待することに固執したが、彼はそれを受けることが出来なかった。なぜなら、医者は旅行を禁じていたし、金銭的な余裕もなかったからだった。「プラハのベッドの中で横にのびてしまっている状態から、サンマルコ広場を、直立して歩きまわる状態」への跳躍は、自分にはあまりに大きすぎるとしか思えなかった。また連れ立って食事をせねばならないと考えると、「食事はひとりでしかできない」と思い込んでいるカフカには、「それは想像するのでさえいやなこと」だったのである。[23]

この秋、人間関係についてのカフカの神経過敏症は、いよいよどん詰まりにまで到った。そして年の終わり頃には高熱を伴う胃腸の痙攣が現れ、そのため、長期間、ほとんどベッドに縛り付けられたままになる。

プラハという軛から逃走する最後の試み

一九二三年の初めには、不眠症は耐え難いほど高じていた。そのため、これまであらゆる薬物療法を拒み、軽視していたカフカも、この苦しい状態を終わらせるために、睡眠薬にさえ手を出した。容態はたいそう絶望的だったので、彼はこのひどい孤独な数週間に最後の力をふりしぼり、家族だけを頼りとせざるを得ない、また麻痺するほど単調な自分の状況に終止符を打つためのある決意をする。

彼は、状況を完全に一変すること、極めて「過激な」こと、たとえば、以前に一度関心をひかれたパレスチナ行きのような孤立から彼を救ってくれるなんらかの冒険のことを考えていたのである。カフカは、一九二〇年からイェルサレムに在住し、つい数ヶ月前にも、その件について話をしたかつての学友、フーゴ・ベルクマンのことを思い出していた。ベルクマンは、カフカを自分のもとで引き受けるのは吝かでないことを表明していた。それは、カフカの心に翼を与え、ヘブライ語の勉強にますます熱を入れさせる「心をそそり、胸をおどらせる」申し出だった。

「数年にわたる病床生活と頭痛の後で」、旅することが果して可能なのかどうかを試すために、[24]彼は五月初めに数日、ドォブリチョヴィチに行き、七月初めには妹エリとその子どもたちとともに、バルト海の海水浴場ミュリッツへ行く。彼は海に夢中になり、いささかなりとも生きる歓びを味わい、その結果、まさしく幸せとはいえぬまでも、とにもかくにも自分は、「幸せの門の前には」[25]立っているとまで感じたのである。ホテルのすぐ近くに、ベルリンのユダヤ人施設の臨海学校があった。健康的で楽しいことに熱中する子どもたちの様子は、彼を喜ばせた。あたり一帯は、昼夜を問わず、子供たちの歌声や遊ぶ歓声が響き渡り、バルコニーの前面に生い茂る木々の間を通して、子供たちの姿を眺めるカフカの心を魅了したのである。子ども劇を上演する時に、上演を手伝っているティレ・レスラーを見かけたカフカは、浜辺での彼女との出会いを心待ちにする。彼は、この臨海学校に興味を持ったのだ。その若い女性の方でも、カフカを施設で毎週行われる安息日の祝祭に招待してくれた。カフカは熱心にこれに応じる。

カフカは、ひとりの黒髪の若い女性に最初からすぐに注意を奪われ、心を魅かれたので、ますます熱心にこの臨海学校の行事に参加することになる。それは、二五才になるポーランド女性、ドーラ・ディアマントであった。施設の台所を預かる「素晴らしい存在」であり、今やカフカは、彼女のもとを毎日訪れるのである。ドーラの方でも、彼に強い印象を受けたようだ。少し揺れるような、頭をいくらか横に傾けるようなゆったりとした歩き方――あの人には、インド人の血が混じっているのかもしれない、彼女は、そう推測する。カフカにとって「東方からやって来た、ドストエフスキーの小説から抜け出してきたような黒髪の、何か胸騒ぎを感じさせる存在」であるドーラは、人間と被造物の一致を信じていた。カフカを初めて見たとき、彼女は、彼は自分の想像上の像《イメージ》のとぴったり合っていると思ったのだが、間もなく彼には何かが欠けていると思うようになる。ドーラには彼が、自分に何かを期待しているかのように見えたのである[26]。そしてこの期待を満たすことが、きっと自分にはできると思ったのである。

　こうしてカフカは、自分を追ってくる幽霊から、さしあたっては逃れたように思えた。「文字どおり、……奴らが途方に暮れて立ちつくしているのが見える」のだが、それはやはり長い間はもたない。「彼らはまたすぐに、臭いを嗅ぎつけたと見える。」七月の終わりにはミュリッツはもう以前のように、快適な場所ではなくなってきたのだ。彼自身にも、その原因がどこにあるのかよく分からない。疲労、不眠症、頭痛、あるいは心の不安がその原因なのだろうか。「多分ぼくはあまり長いこと、同じ場所にとどまってはいけないのだ」と、彼はクロップシュトック宛てに書いている。「故郷にいるという感情を、旅の途上にしかもてない人々がいるのだ」と。パレスチナ移住計画は、再び遠い彼方へと退き、「誘惑と不可能」の感覚が、二つながら同時に彼を鷲掴みにする。だが、ともかくも、「希望は、もっとのちのために存在する」のだ[27]。

ドーラ・ディアマント

　さしあたりは、いわゆる移行的処置、暫時的試みとして、カフカはドーラとともにベルリンへ移住しようと考える。ひとりの女性と再び共同生活を始めようという決心を、彼は驚くほど速やかに固めたのだ。ドーラには、「女性には用心すること」という、遠い未来にわたってまでの彼の人生上の決意を、容易に忘れさせてしまう何かまったく特別なものが実際そなわっていたに違いない。(28)

八月九日、カフカは、ベルリンに短時間立ち寄った後、プラハに帰る。たしかに健康状態は回復していなかったが――体重は減少し、今は五四・五キロになっていた――彼は希望に満ちていた。数日後には、オトラとともにシェーレーゼンへ行くチャンスがあった。しかし田舎に滞在しても、病状は快方には向かわなかった。なんらかの「かなりの不快感」なしに過ぎる日は、一日もなかった。熱が出たり、不安が兆したりするのだった。ベルリンに旅立てないのではないかという不安も、たしかに大きかったのだ。症状がもっと悪化するまで、待たねばならないというのか。九月二二日、彼はプラハに戻る。

さてカフカは、四〇才にしてついに一人立ちし、あらゆる悪しきデーモンが彼を病気にしたこの町を、最終的に立ち去ろうとする段階にたち至ったのである。すべてのつながりを断ち切ろうという決意は、もう後戻りが不可能なほど固かった。彼は荷物をまとめると、家族の反対をすべて上首尾に押し切って、九月二四日、ベルリンへと急ぐ。(29) それは、彼自身が「ナポレオンのロシア遠征」と比較したほどの明らかに「無鉄砲な行為」であった。

まず初めにカフカは、ドーラとともにベルリン、シュテグリッツ地区のミクヴェル通り八番の住居に入り、一一月半ばには、グルーネヴァルト通り一三番に移る。(30) ついに彼は、長年憧れ続けてきた幸福に見合うほど、自分は自由であり、分別もあると感じられるようになったのである。そのような幸福こそ、充実した生の頂点としてずっと夢みてきたが、しかし自分には決して叶う筈のないものと、カフカはこれまで思いなしてきたのだ。だが今は、ひとつの幸せな結びつきの中に、とうとう支えと安定を見出すことができたと思えるのである。すでに危機を克服したと信じ、自分は、デーモンたちから最終的に逃れられたとさえ、カフカは語っている。「奴らは今、ぼくを探している、しかし見つけ出せない、少なくとも、当面は見つけ出せない。」(31)彼は、近来稀なほどぐっすりと十分に眠り、体調は上々であり、ベルリンに越してきたことを素晴らしいことだと、否、それどころか、画期的だとさえ、思うのであった。

しかしデーモンたちは、情け容赦なく暴れ続ける。恐ろしいインフレの冬が、詩人を打ちのめしたのである。貧しい人々の困窮は、胸に堪え、自身の金銭面の欠乏状況は、身体に堪えた。一時的均衡を得たカフカの心も、これについては、なんの思い違いをすることもありえなかった。ベルリンの凄まじい物価上昇は、彼にさまざまな事柄の断念を余儀なくさせた。電気料金が払えずに、石油ランプで我慢しなければならず、新聞さえ、もはや配達してもらえず、家族や友人たちからの食料品の仕送りを頼りにする以外に生活する手立てはないのである。ここでの生活を、彼はもっと楽なものと考えていたのであった。

何よりも、マックス・ブロートが、そしてフェリックス・ヴェルチュやオスカー・バウムがこの地にはいなかった。彼が、ベルリンで接触したほとんど唯一の友人は、医者で詩人のエルンスト・ヴァイスであった。

カフカは、よくユダヤ学のための大学に出かけていった。それは、美しくはあるが、同時に風変わりな、「グロテスクなまでに、否、それを通りこして不可解なほど繊細なつくりの」講義室や豪華な講堂であり、学生はごくわずかしか来ない。そして何よりもまずとても暖房のよく効いた場所であった。ここは、「殺伐としたベルリンや同じく殺伐としたその中心地域の中での、安らぎの場所」であった。そのほかは、カフカは一日のほとんどを家で過ごす。しばしば熱を出し、「ライオンのような髪をした頭」の中では、あらゆる種類の憂鬱な考えにひっきりなしに取りつかれながら。(32)

このようなベルリンでの冬のある夜、彼は、『巣穴』を書いたのである。その巣穴の「砦」として、彼はドーラを描いている。この短編小説は、おそらく自分は父の家に戻るだろうという予感の書でもあり、それは彼の自由の終焉を意味した。ここで書いた文章のいくつかは、あらゆる苦しみの源である幽霊たちから逃れるための試みにすぎないと、カフカはみなしており、文学的な創作物とは考えていなかった。だから彼はドーラに、それらを破棄してくれるよう頼んだのである。ドーラはその願いを尊重して、カフカの目の前でそれらを燃やした。(33)

その年の終わり頃、カフカの病状はのっぴきならぬほど悪化し、マックスは、「暖かく、腹いっぱい食べることのできるボヘミア」のどこかへ、たとえば再びシェーレーゼンへ行くことを彼に提案した。

だがそのようなことは、カフカにとっては問題にもならなかった。なぜなら「シェーレーゼンは、プラハのようなもの」であるし、その上「ぼくは、四〇年もの間、充分に暖かさを享受したし、腹いっぱい食べてきた」からだ。そしてその結果、彼は何を得たというのか。プラハは、幸福も成功ももたらしてくれなかった。プラハは、彼を病気にしたのだ。マックスの提案が、「更なる試みへと心を誘うようなものではない」としても当然であろう。それは、むしろ「危険」のただなかへとあえて出かけていくようなものである。そしてカフカは、「ベルリンでのひどい困窮は、結局望ましい、教育的な効果を及ぼすことになるだろう」と自分を慰めるのである。その上彼の芳しくない健康状態には、さしあたり、いかなる旅行も良いはずはなかった。

カフカは、自分の「ぼろぼろの状態」を、まるで線画でも描くように、言葉によって戯画化してみせる。それは、左半身をドーラに支えてもらい、右側は、たとえばマックスのような、彼がいつも傍らにいて欲しいと思う男が支えて、「何かを『なぐり書きする』ことでようやく身を保っている」病人の姿である。「もしも今、足下の地面がもう少し確かなものであったならば、あるいは眼前の奈落が覆われていたならば、あるいは頭の周りを飛ぶ禿鷹が追い払われていたならば、頭上の嵐が鎮まっていたならば、」すべては、ずっと楽に運んだことだろう。(34)しかし、嵐は止まなかった。

一九二四年は、年明けとともにカフカは高熱と悪寒に苦しんだ。しかしこのような病状より

ルードヴィッヒ・ハルト

も、とてつもなく高い医療費が彼を震え上がらせた。「これは、ものを書く状況ではない」と彼は嘆いている。だが、短いものを彼は仕上げている。『小さい婦人』である。彼は、ベルリンの最初の住まいでの憂鬱な状況を、この作品の素材としたのである。この宿を彼は、女主人のせいで明け渡さざるを得なかったのだ。「まったくの嫌悪の気持ちだけから、止まることのない、永遠的な嫌悪の気持ちだけから、彼女はわたしの相手をした」と、そこには記されている(35)。

よりによって病状が日に日に悪化しているこのとき、カフカは、貧しい支払能力のない外国人として、その慎ましい、しかし素敵な巣から追い払われようとしていたのだ。しかもその巣こそが、完全に絶望しきらぬほどに心を暖めてくれるかけがえのないものだったのだ。

二月一日、彼は、ベルリン市ツェーレンドルフ地区ハイデ通り二五―二六番に住む、一九一八年に死んだ文筆家カール・ブッセ*8の未亡人のもとへ引っ越した(36)。ドーラの世話にもかかわらず、彼は回復しない。熱は下がらず、咳が出始め、彼はもはや家を離れられなくなる。カフカは、ルードヴィッヒ・ハルトの講演の夕べに出かけたくてしかたなかったのだが、それもならず、結局は、この尊敬する朗読者に自分のところに来てくれるように頼まなければならなくなった。しかしハルトの訪問は、惨めな状況の中での一筋の明るい光となった。

ひどく不安になったドーラは、カフカの両親に息子の切迫した病気の症状について、報告する。心配した家族は、医者のジークフリート・レーヴィ[*9]に息子の急を知らせ、レーヴィは甥の状態を明確に把握するために、ベルリンへと急いだ。叔父は仰天する。彼は、カフカを説得し、やっとのことで再び肺病のサナトリウムに入ることを承諾させた。

このようにして、カフカが大きな期待をかけたベルリン滞在は、半年の後に実に厳しい結末を迎えたのである。ヤナーチェクのオペラ『イェヌーファ』の劇場初演のためにベルリンに来ていたマックス・ブロートは、三月一七日、この友人を無理やりにプラハへ連れ帰る。カフカは、ドーラに自分の過去を知らせたくなかった。そこで彼女は、さしあたってはベルリンに留まることになった。

両親の家へのこの帰還を、カフカは、自分の自立計画の最終的挫折と感じた。何か避けがたいものによってすべてが危機的状況に瀕しているという意識を抱きながら、カフカは、最後の物語、『歌姫ヨゼフィーネ、あるいは鼠の一族』を書き、それによって、チューラウでは眠れぬ夜を過ごした経験からは、脱出したのである。この作品は、個人の社会に対する立場、そして父と子の関係などという問題について答えようとする新しい試みであり、ユダヤ教に対する省察や、もはや生へ復帰することは不可能であるという病人の予感が刻み込まれた作品でもある。

その「一族は、……横柄だった、自分たちだけで満足しきって、その大群は、……自分たちの道を進んでいく。だがヨゼフィーネが、落ち目であることは確かだった。」
ヨゼフィーネが沈黙してしまうのは、予測できよう。そして間もなく、彼女は、「世俗の苦しみから解放されて……彼女のすべての兄弟たちのように、高揚した救済のうちに、忘れられてしまうだろう。」

生前からすでに、ほとんど「単なるひとつの思い出」以上のものではないささやかなエピソードが、「われわれの時代においては、本当に悲しいものにしかなりえないひとつの運命」が、つまりある芸術家の生が、終わりに近づきつつあるのだ。

最後のページを書き終えて、カフカは、ローベルトにいう。「ぼくは、動物のチュウチュウという鳴き声の研究を、ちょうどいい時に始めたものだと思う。たった今、ぼくは、それについての話を完成したのだ。」[37] まさにその晩、彼は、喉に焼けるような痛みを、特にジュースを飲んだ後に覚えた。三八度の熱が恒常的となり、しかも絶え間ない咳に悩まされるので、彼は、喉頭がやられたのではないかと危惧する。

だが相変わらず彼は、ニーダー・オーストリア州グリメンシュタインのサナトリウムにするか、オルトマンのそれがいいのか、決められないのだ。最善なのは、そのどちらにも行かないことだったのだが。だがカフカには現在のようなさまざまな危惧のもとでは、「サナトリウムで、生きながら平和裡に身を葬ってしまう」という考えは、「それほど不愉快なものではない」

と思われるのだった。つまるところ彼は、自分にはもう選択の余地は残されていないことを知っていたのだ。なぜなら彼は、もう長いこと「苦しむこと以外の、すべてに対して不能になっていた」のであるから。(38)

「目立たぬ生、明白な不首尾(1)」

一九二四年三月の終わりに、ドーラがベルリンからやって来た。家族の他に、心配した友人のマックス・ブロートとローベルト・クロップシュトックが、ほとんど毎日看病に訪れたが、ドーラは、もう長らくカフカにはかけがえのない存在となっていた。

四月の半ば、カフカは、愛憎半ばするプラハに別れを告げる。

小さな姪、ヴェーラの手をひいて、彼は、最後にもう一度この町の大通りや小路を歩きまわった。ヴェーラは、この時の伯父のとがった膝を、永遠に忘れることはないだろう(2)。ヴェーラとほんの束の間、ボール遊びをした旧市街のリングで、彼は、ミハル・マレス*1に出会う。マレスは、アントン・クーから「異教徒の親父」と侮蔑的に呼ばれていた女たらしのジャーナリストだった。

カフカは、数年前に一度、関心を抱いたことのあるアナーキスト連盟のさまざまな催し物に

カフカのプラハでの最後の散歩道のひとつ、旧市街リング

よりこの男を知っていたのだ。この連盟には、フランティセク・ランガー[*2]やヤロスラフ・ハセク[*3]、理想主義者のカハル・ブセクも所属していた。当時はまだ若く、危険が伴うあらゆることに熱狂していたマレスは、アナーキズムの文書を配るブセクの手伝いを許されて、大いに気をよくしていたものだった。[3] カフカもマレスも、これが自分たちの最後の出会いであるとは予想だにしなかったのである。

ヒットラーが、ちょうどこの頃受けた要塞禁固刑をどうやったら有効に活用できるか、と考えていたとき（彼は、ここで著作『わが闘争』の第一部を書くことになる）、深刻な発声障害が生じてきたカフカは、ニーダー・オーストリア州への旅立ちの準備をしていた。

「おぞましい」サナトリウム《ヴィーナーヴァルト》

四月五日、カフカは、ドーラに伴われてペルニッツへ行き、そこからサナトリウム《ヴィナーヴァルト》へ赴いた。ウィーンや外国の著名な内科医、及び喉頭専門医らの支援を得て、このサナトリウムは、開業のはじめから卓越した名声をほしいままにしていた。この名医たちの中には、ノートナーゲル、シュレッター、シュレージンガー、ヤクシューヴァルテンホルストらがおり、カフカも、恐らくこの名声ゆえに、ここに来る決心をしたのだ。この施設には今世紀初頭に、当時のオーストリア＝ハンガリー帝国では初めての人口気胸装置が設置された。[4]

サナトリウムは、ウィーンからおおよそ七五キロ南の、ロマンティックなグーテンシュタインから分岐するファイヒテンバッハ渓谷の尽きるところにあり、外界の活発な活動からは、完全に切り離されていた。

山や森に包まれ、立派な公園に囲まれたそのサナトリウムは、少しばかりトーマス・マンの『魔の山』を思い出させる。だが、この建物を囲む塀の中に一歩足を踏み入れると、牧歌的で愛らしいという第一印象は、心を重くするほどの暗い感じに変わってしまう。たぶんそのような印象は、大部分の患者たちが東方から、特にバルカン諸国、トルコから来ていることによりさらに強められていた。カフカはすっかり打ちのめされ、ローベルトに宛てて、これらのことを詳しく説明するのはあまりに煩瑣だ、医療だけがここでは快い、「ここでの唯一の利点だ」と書いている。(5)

サナトリウムは、アルトゥール・バアー医師とフーゴ・クラウス医師により運営されていた。二人には、それぞれ受け持ちの患者があり、その結果、患者によっては一方の医者をまったく知らない、ということもしばしばあった。この二人の医師の間には、一種のライバル関係があったようにも思われ、実際彼らには、個人的な付き合いはほとんどなかった。たぶんそれは、彼らのあまりにも異なる性格によるのかもしれなかった。中背で色黒のバアー医師は、いつも鼻眼鏡をかけ、優雅な装いをしていた。二人のうちでは、より真面目で、社交的にはより如才ないタイプであった。だが彼は元来内向的で、患者と個人的な接触をもつことは滅多になかっ

サナトリウム・ヴィーナーヴァルト

アルトゥール・バアー医師

フーゴ・クラウス医師

読書室

休憩室

食　堂

た。妻は、落ちついた品のよい生粋のロシア女性であり、社交的な楽しみの多い都会生活を好む社交界の貴婦人だった。

それゆえ夫人は、グレーテとマドレーネの二人の娘とともに何週間もウィーンで過ごすことを好んだが、彼は熱心なハンターであり、駆り立てられるように静かな自然の中に出て行くか、あるいは書物に向かうかだった。夫婦のこのような不釣合いは、のちに逃亡を余儀なくされる戦時下では、いよいよ浮き彫りになってくる。一方のクラウス医師は、愛想のよい、交際好きのイグラウの人であり、その上極めて目的追求型の商売上手であり、同僚バアーとはまさに対極的なタイプであった。(6)

ここでの生活は、とても規律正しいものであった。看護婦たちは、医療上の規定を守ることに厳重な注意を払っており、規則正しい毎日の生活は、風光明媚な近郊に遠足に出かける折はともかくも、普段は決して破られることはなかった。だが、カフカの思わしくない病状では、そのような遠足でさえ問題にもならなかった。だから彼が、次のように書いていても、不思議ではないであろう。「……バルコニー越しに、大きなおしゃべりの巣があるように見える。(7)」

見渡すかぎり、便箋を買えるような店さえ一軒もなく、たとえばダヴォスの場合のような社交の夕べもないこの寂寥の地にあっては、まったくの憂鬱状態に陥らぬ唯一の可能性は、おしゃべりしかなかったのである。カフカの存在はまったく知らずに、しかしほぼ同じ時期にこのサナトリウムに療養に来ていたロッテ・ミュラーも、バアー医師一家と親しくなるという特別

サナトリウムの馬車に乗るロッテ・ミュラー（写真左）とバアー医師の二人の娘たち、マドレーネおよびグレーテ

の幸運がなかったならば、その生活に長くは耐えられなかったであろう。だがロッテは、バアー一家との交流により、ここでの生活を楽にするさまざまな特権を享受出来たのである。彼女とほぼ同い年であった医者の娘たちは、たびたび彼女を招待したり、本を貸してくれたりした。そしてイギリスから来たイングハム氏と、ここで知り合いになるに及んで、ロッテは、イングハムとの付き合い以外の他の社交に対しては、いかなる欲求も感じなくなる。そして彼女は、このように落ち着いたサナトリウムに滞在することは、物書きにとっては、まさに理想的に違いないと考えるのである。(8)

一般的には、ロッテの考えはたぶん正しいだろう。静けさは、カフカが常に欲していたものでもあった。だが今は、状態はひどく悪いので、書くどころの話ではなかった。カフカは、ようやくささやくことが出来るだけだった。そのため、咽頭の病気かもしれないという疑いは、強くなるばかりだった。熱に対しては、日に三回、液体の解熱剤をもらい、咳に対してはデモポンをもらうが、これは残念ながら効き目がなく、さらに追加として痛み止めのボンボンをもらう。

医者たちは、慎重な物言いしかしない。「言葉としては、はっきりしたことは何も聞けないのです。なぜなら、喉頭結核の話になると、誰もが、回避するような、見据えるような言い方になるからです。『後部が腫れています』、『浸潤があります』、『悪性ではありません』、しかしその後はいつも『はっきりしたことは、まだ言えません』なのです。これらの言いまわしを、ひどくたちの悪い痛みと結びつけてみれば、事態はもう誰にも一目瞭然です」と、彼はローベルト宛てに書いている。

この友人が、痛みを和らげるためにとくれたコデインの小壜は、もう空になり、彼はもっと弱いコデイン〇・〇三で我慢しなければならない。そのことが怖い、と彼は告白している。そんなふうにして、痛みがもう耐えられなくなるのが、彼には怖かったのか、それとも、中毒症状になるのが怖かったのだろうか。「中毒になった場合、どのようになるのか」と、彼は看護婦にたずねてみる。「魔女の台所のようになります」と答えた看護婦は、まんざら嘘を言ったわけではないのだ。(9)

冬服を着たまま測っても、カフカはもう四九キロしかなかった。衰弱はたいそうひどくて、人口気胸法は彼の場合、てんで問題にもならなかった。ほとんどの時間をベッドの中で過ごし、恐ろしい痛みに耐えていたので、他の患者との接触もまったくなかった。ほんの二、三日の間に彼の喉頭はひどく腫れて、食べるのがとても難儀になり、そのためさらにやせ細る。もっとも恐れていた事態が、現実のものとなりつつあった。医師たちは、神経へのアルコール注入を約束するが、恐らく喉頭部の切除さえ、覚悟せねばならない状態だったのだ。サナトリウム《ヴィーナーヴァルト》に滞在してからほんの五日後、カフカは、再び新たな決断に迫られるのだった。

この世でもっとも素晴らしい喉頭病院で

カフカを、これ以上続けてサナトリウム《ヴィーナヴァルト》に引き留めておく試みは、敢えてなされなかった。カフカは、医者たちの努力を高く買ってはいたが、彼らにはいかんとも し難いことも同時に感じていたので、ここを出て行くことを選んだ。人々は彼に、ウィーン第四区、ラザレット街にある総合病院内のマルクス・ハイエック教授の診療所を訪ねるように助言した。それは、世界でもっとも美しく、もっとも大きい咽喉科専門診療所であり、最新の設備をそなえているといわれていた。

その歴史は、一八五七年の夏、咽頭鏡の最初の実験を試み、その後死ぬまで、もっぱら喉頭および気管支疾病の診察のためのこの新しい方法の開発に身を捧げたルードヴィッヒ・フォン・テゥルクにまでさかのぼる。この診療所の創立は、彼の成功に負っているのであり、カフカの当時は、それを、非常に有能、かつ自信家のアルトゥール・シュニッツラーの義兄が率い

マルクス・ハイェック教授

アルトゥール・シュニッツラー

南側から見たハイェック病棟

ていた。ハイェックとアルトゥール・シュニッツラーは、ともに総合病院外来診療科の喉頭科に勤めていたシュニッツラーの父の助手をしていたのだ。アルトゥール・シュニッツラーが、激しい論議の的となった詩人・医者として、文学界でセンセーションを巻き起こしたのに対し(彼の作品『ベルンハルディ教授』は、世紀転換期の臨床界の実態を、仮借なく晒しものにしているという問題性のゆえに検閲により発禁となった)、ハイェックの方は、冷静で客観的な医者、そして野心的な大学教授として、頭角を現していたのである(1)。

四月一〇日、カフカは、こうして、無蓋の馬車で「喉頭医学の生まれた町」に向かう。雨風が、とても激しく吹き付け、ドーラは、我が身の健康も顧みず、冷たい春雨の降りしきるなかで、彼の身体を守ろうとした。カフカは、ローベルト・クロップシュトックに、この移住のことをすでに知らせてあった。彼は、ローベルト宛に数週間ウィーンにとどまるであろうと書いており、そして明らかに、ここでの治療で快方に向かうのではないか、という希望と信頼で心を満たしていたのである。

「カフカが、サナトリウム《ヴィーナーヴァルト》から送り返されたという報せは、あらゆる恐怖をしのぐものだ。ウィーンの診療所とは……恐ろしいほど不幸な日だ」と、マックス・ブロートは日記に記している。今や、明白に喉頭結核が確認されたのだ(2)。

カフカの場合は、ほとんどのケースと同じく、極めて稀な一次的な喉頭結核ではなくて、肺結核の併発症としての二次的な疾病であった。病んだ肺からの、細菌を含んだ痰が喉頭に触れることにより接触感染が生じ、それは、組織の破壊がとっくに始まっている段階でようやく見つけられることが多い。呼吸困難、咳（カフカは、数年間咳に悩まされていた）、そして声のかすれなどの最初の疑わしい徴候は、ほとんど注意を払われないことが多い。それに続いて起こる発声障害や、呑み込みの際、腫れ上がった喉頭蓋を閉じるときに痛むという状態は、すでにもうほとんど見込みのない段階を示しているのであった。(3) カフカの場合、医者たちの初期の診断が適切でなかったとしか思えないところがある。もし的確な判断をしていれば、彼らは、もっとずっと強力に、マトリアリでの療養を続けるよう主張したに違いないからだ。

入院の際に記される家族の既往歴の既述は、極めてそっけない。——いわく、家族の成員、すべて健康、結核症なし。幼少時の既往症、百日咳。

新しい患者カフカについての記述は、虚弱で華奢なつくりではあったものの、これまで「自分では、わりと健康である」と感じていたというカフカの自己申告で始まっている。すでにギムナジウム時代からの悩みの種であった大きな疲労感については、カフカは触れていない。それは、不眠症からの当然の帰結であると自分ではみなしていたのだ。だがその根は、十三年前に彼がたずね当てたところにのみ、あるのではないことを彼は今はよく承知していた。当時カフカは、日記に以下のように記している。

「眠れぬ夜。連続三日間。寝入ってしばらくはいいのだ、だが一時間後には、目が覚めてしまう。まるで頭を、間違った穴に突っ込んでしまったように。そして完全に目が覚めてしまい、

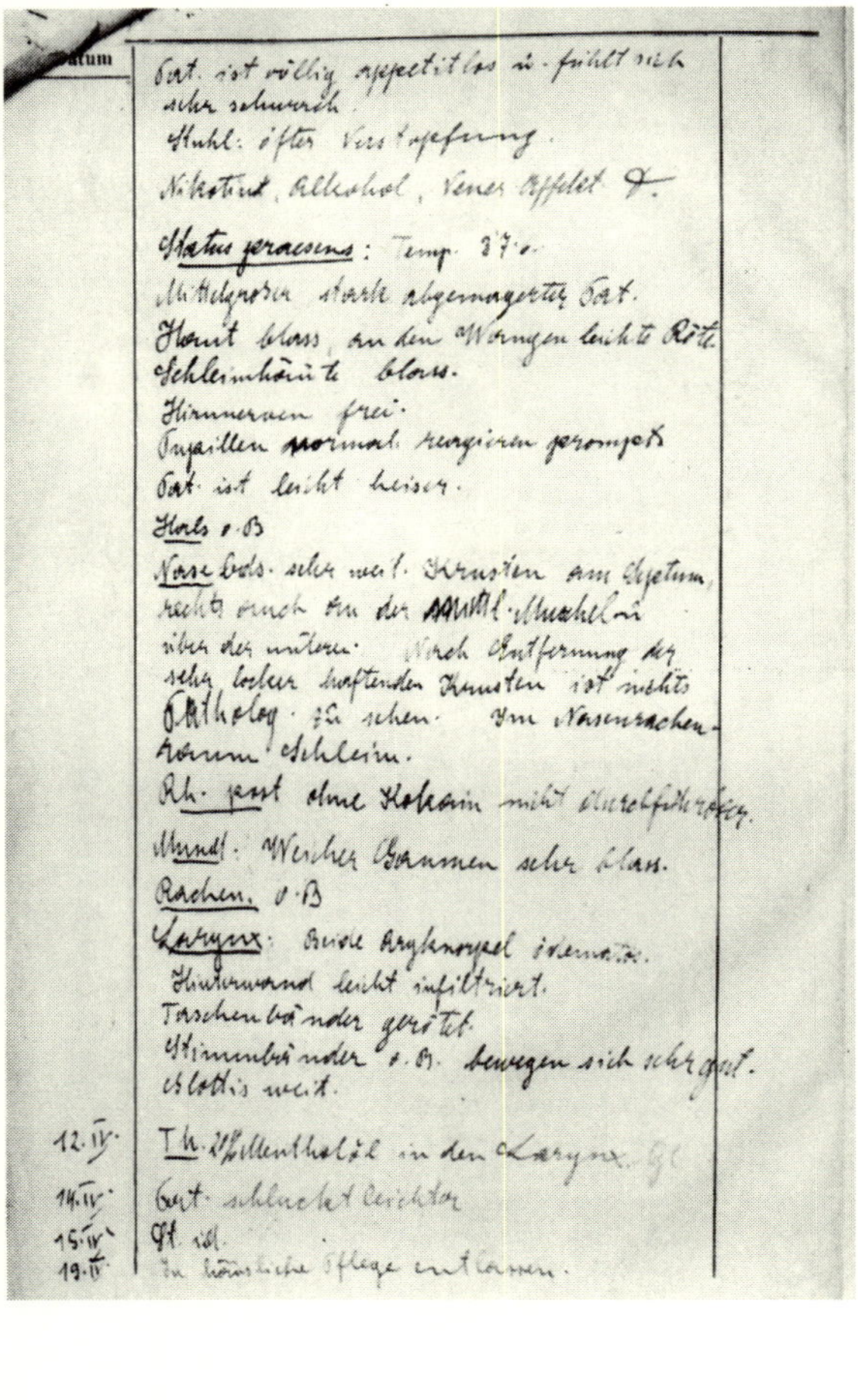
Datum

Pat. ist völlig appetitlos u. fühlt sich sehr schwach.
Stuhl: öfter Verstopfung.
Nikotin, Alkohol, Venerische Affekt. ∅.

Status praesens: Temp. 37·0
Mittelgroßer stark abgemagerter Pat.
Haut blass, an den Wangen leichte Röte.
Schleimhäute blass.
Hirnnerven frei.
Pupillen normal, reagieren prompt.
Pat. ist leicht heiser.
Hals o. B.
Nase bds. sehr weit. Krusten am Septum, rechts auch an der [illegible] Muschel u. über der unteren. Nach Entfernung der sehr locker haftenden Krusten ist nichts patholog. zu sehen. Im Nasenrachenraum Schleim.
Rh. post. ohne Kokain nicht durchführbar.
Mund: Weicher Gaumen sehr blass.
Rachen. o. B.
Larynx: Beide Aryknorpel ödematös.
Hinterwand leicht infiltriert.
Taschenbänder gerötet.
Stimmbänder o. B. bewegen sich sehr gut.
Glottis weit.

12. IV. Th. Mentholöl in den Larynx. Gl.
14. IV. Pat. schluckt leichter
15. IV. Pt. id.
19. IV. In häusliche Pflege entlassen.

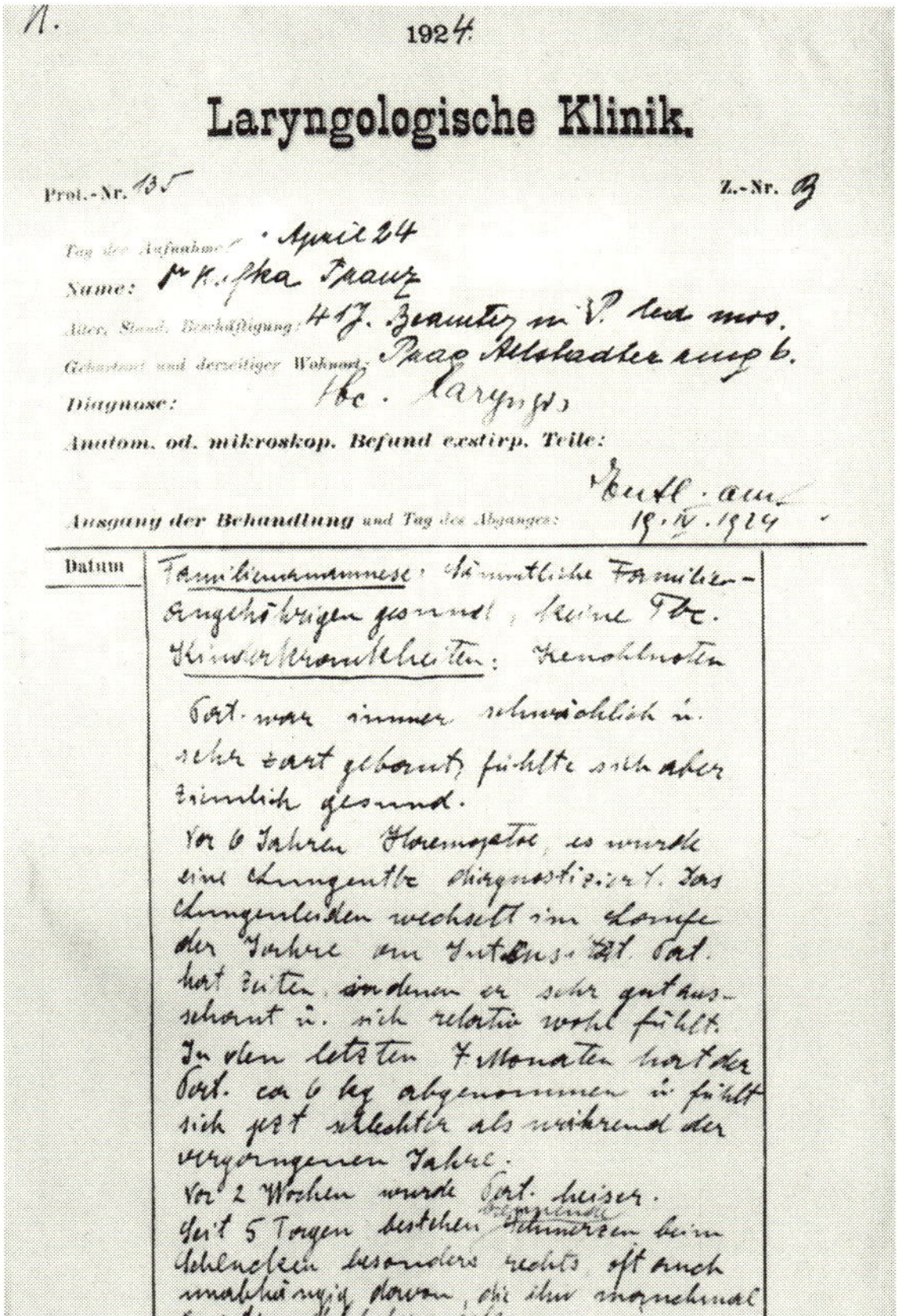
II.

1924

Laryngologische Klinik.

Prot.-Nr. 135 Z.-Nr. 13

Tag der Aufnahme: April 24

Name: Dr Kafka Franz

Alter, Stand, Beschäftigung: 41 J. Beamter in P. led. mos.

Geburtsort und derzeitiger Wohnort: Prag Altstädter Ring 6.

Diagnose: Tbc. laryngis

Anatom. od. mikroskop. Befund exstirp. Teile:

Ausgang der Behandlung und Tag des Abganges: Entl. am 19. IV. 1924

Datum

Familienanamnese: Sämtliche Familienangehörigen gesund, keine Tbc.
Kinderkrankheiten: Keuchhusten
Pat. war immer schwächlich u. sehr zart gebaut, fühlte sich aber ziemlich gesund.
Vor 6 Jahren Haemoptoe, es wurde eine Lungentbc diagnostiziert. Das Lungenleiden wechselt im Laufe der Jahre an Intensität. Pat. hat Zeiten, in denen er sehr gut aussieht u. sich relativ wohl fühlt.
In den letzten 7 Monaten hat der Pat. ca 6 kg abgenommen u. fühlt sich jetzt schlechter als während der vergangenen Jahre.
Vor 2 Wochen wurde Pat. heiser.
Seit 5 Tagen bestehen stechende Schmerzen beim Schlucken besonders rechts, oft auch unabhängig davon, die ihn manchmal aus dem Schlafe wecken.

N. Nr. 949

全然眠らなかったか、あるいは、ほんの浅くしか眠らなかったように感じる。改めて寝入る、という仕事が、ぼくの前にあり、しかも自分は、眠りからはねつけられている、と感じるのだ。そしてそれから、夜の間中、五時頃までそんなふうなのだ……ぼくは思うのだが、この不眠症は、多分書くということから来ているのだ……(4)。」

だが、真実に対して心を閉ざすことが、もはやできない今となっては、なんのために詳細にこのことについて語り、神経性の苦悩の数々を数え上げることがあろうか。カフカは、今わずかな言葉でもって、自分にとって本質的と思われることを記すのみである。すなわち、肺病は、数年の経過のうちに病気の強度に変化があり、その中で自分の調子がとても良好と思えたときもあった、ということである。ところがこの七ヶ月というもの、体重は六キロも減り、以前のどんなときよりも具合が悪いと感じられ、食欲はまったくなく、自分が衰弱していると感じられるのであった、と。

最初の診察で、まず第一に、柔らかく、色つやも悪くなった口蓋と、喉頭の後壁の軽く肥厚した部分と、さらに声帯の脇にあり、その時々の位置によって声門を開閉する機能を有する披裂軟骨が水腫で覆われていることが確認された。翌日、内科医がカフカを訪れ、肺に腫れ物のある確実な徴候といえる気管支呼吸音を確かめている(5)。

カフカの病歴は、これによって、いかなる点においても特殊なケースではないことが示された。それはむしろ、医学がそれに対しては当時無力であったところの、ひとつの陰険な国民病ともいうべきものに関するドキュメントのひとつなのである。

カフカは、東西翼の二階にあるB病棟の相部屋に移された。そこには三日前から、ウィーン近郊のヴァルトフィアテル地区の住人である靴屋の親方、ヨーゼフ・シュランメルもいた。それまでの人生で、一度も病気になったことのなかったこの男は、三人の子持ちで、カフカより一才だけ年上の精力的な一家の長であったが、晴天の霹靂のようにこの恐ろしい病に襲われたのである。病気の最初の徴候は、ほんの数週間前に現れたばかりであった。シュランメルは、その短い間に一〇キロ痩せたにもかかわらず、病院を最初に訪れたのは、かなりの程度の呼吸困難が、ついには生命を奪いかねないまでになってからだった。

ヨーゼフ・シュランメル

二回の気管切開の後で、今彼は比較的落ちついてベッドに横になっており、ひたすら待っていた。まだ誰も、彼を見舞いに来ないのである。子どもたちを見てくれる人を見つけ、ウィーンまでやってくるお金を捻出すること、彼の妻は、これをうまくやってのけるかどうか[6]。はじめて病院に入ったカフカが、サナトリウムとはまったく共通点をもたないこの新しい環境に慣れようとしていたとき、以上のような考えが、シュランメルの頭の中をかけめぐっていたかもしれない。一方カフカにとっては、意気消沈させられる素っ気ない扱い、とりわけ、生まれて初めて数人の見知らぬ人々と部屋をともにしなければならないという現実を、苦しい経験として耐えねばならなかった。彼は、これまでもしばしば、自分の肉体を恥じねばならないという想念に苦しんできたのだ。

カフカの治療は、サナトリウム《ヴィーナーヴァルト》の場合と同じやり方で続けられた。まず初めに、二〇パーセントのメントール油を、喉に噴射することが処方される。注入する必要は、今の所なかった。ところが、予定されていた咽頭鏡による反射は、実行出来ない。器具を喉の中に入れようとすると、カフカは、カフェインによってしかやわらげることが出来ないほど、ひどい喉のつかえを感じるからであった。そこで医者は、カフカがひどく恐れていたこの処置を諦める。

熱は三八度以下に下がり、そしてある程度安定する。すでに二日後には病歴に初めて好転と記され、カフカは、安んじて友人のローベルトに、以下のように報告できたのである。「あの心を重くさせる……サナトリウムを離れて以来、ぼくは、とても調子がいい。病院での治療は、ぼくによく効いたのだ。呑み込むときの痛さやひりひりする痛みは、ずっと少なくなった。……」彼は、ローベルトに性急に見舞いに来るのはやめてくれと頼む。「ローベルト、どうか、乱暴な真似はしないでくれ。突然、ウィーンにやって来たりしないでくれたまえ。ぼくが、乱暴なことが嫌いなのは知ってるね。けれども何度言っても、君は、同じことをやるのだからね。」(7) 当然のことながら、ローベルトは、とてもウィーンへ行きたかった。なんと言っても彼は医者

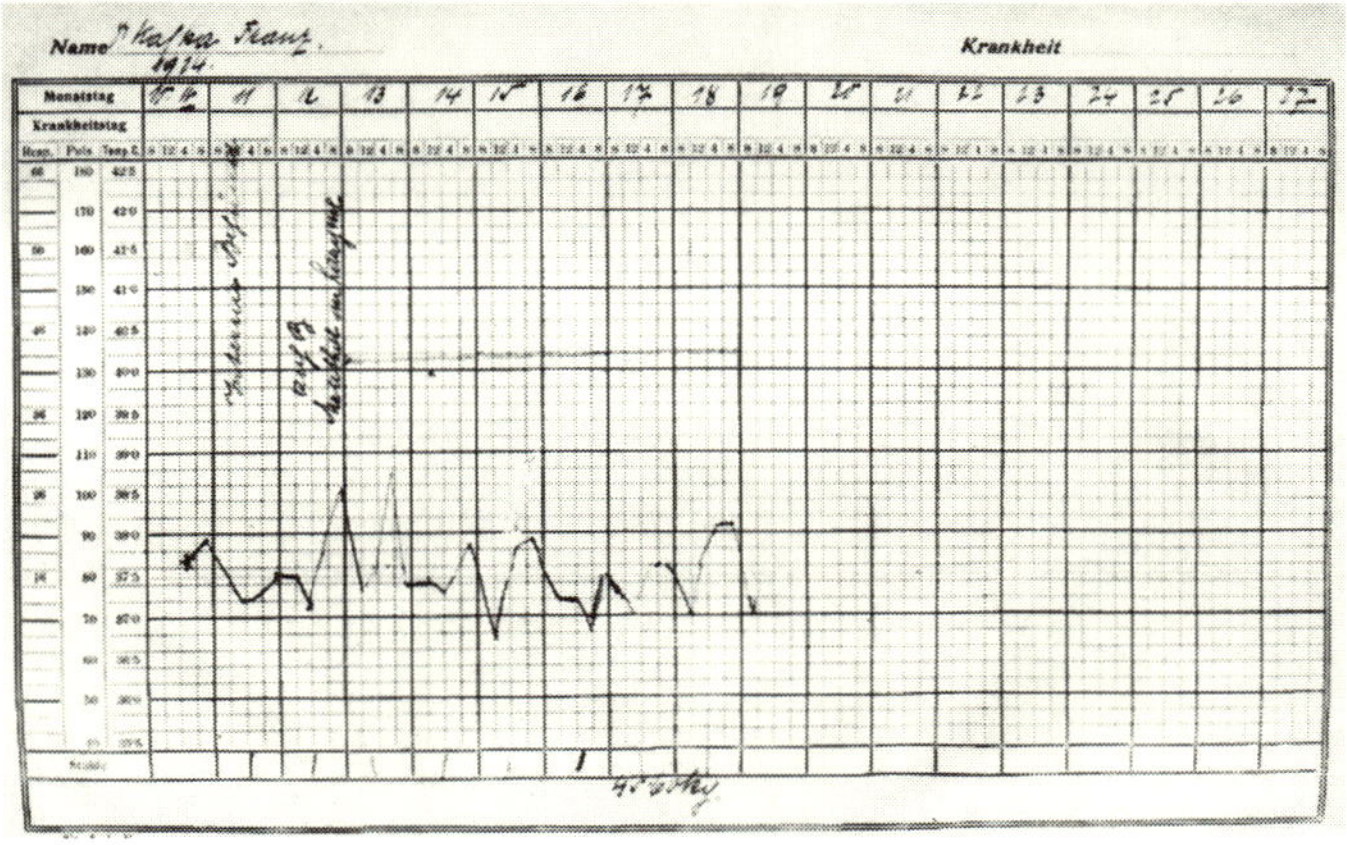

カフカの熱曲線

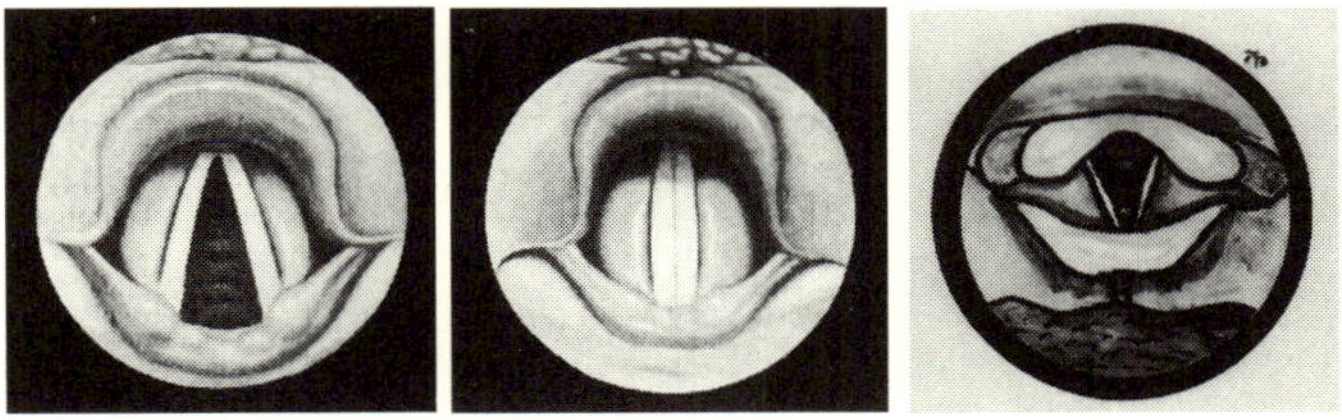

（左・中）声門が閉じている場合と開いている場合の等身大の健康な男性の喉頭
（右）カフカの病歴に記されている段階に相当する結核を病んだ喉頭

であり、カフカの状態が今どんなものか、よく分かっていたのだ。

カフカが、目下のところ、自身の病気より苦にしていたものは、同室の患者たちの哀れな状況だった。特に、隣のベッドのシュランメルの状態がひどかった。それは、だが、一目ではまったく分からなかった。彼は、いつも陽気で、食欲もある。カフカは、驚嘆して、「口髭を生やし、いつも目を輝かせている」この「陽気な男」のことを、ドーラに報告している。彼は、とても食べることが好きで、熱があるにも拘わらず、自分の病気なんかは、まるでほんの些細なことであるかのように、「喉に細い管」をつけたまま、散歩に出かけるのだ。(8)

だがシュランメルのところには、それまでまだ家族の者も誰ひとりとして見舞いに来なかった。カフカは、賛嘆と同情の念でいっぱいになる。四月一七日、この靴屋の親方の病状はひどく悪化し、医者たちは、最悪のことを覚悟するが、一方、カフカのほとんど変わらぬ状態には、それ以上懸念すべき変化は今のところ見られなかった。(9)

死－詩と真実

カフカは、自分が創作した世界とは、ほとんど共通項をもたないある種の視点から、死を観察することになる。たとえば、『田舎医師』や『巣穴』、あるいは『最初の苦しみ』におけるように、誰も死なない場合においてさえ、死が遍在している彼の作品の世界では、死はほとんどの場合、すでに始まりにおいて、数多くの陰鬱な形象によって予感されている。あるいは、生と死のあわいで人間がさまよい歩く不気味な風景の中では、馴染みに思われるものとして、たとえば破壊的な機械仕掛けのようなものとして、少なくとも期待されている。けれども、自分が最も良好な健康状態にあると信じているさなか突然病魔に襲われたシュランメルの場合のように、死が不意に現れることはめったにない。

重症患者の傍らに身を横たえていなければならないという心の重荷が、カフカには、ほとんど耐え難いものとなる。なぜ、このような悲しい光景で自分は苦しめられるのか、なぜ、そのようなものから、解放されないのか。

自分の物語の中では、誰もそんなふうに破滅することはない。そこでは、登場人物はベッドの中で病みおとろえ死ぬのではない。水の中で、橋の下で、道路の上で、渓谷の中や、檻の中で、机の前の腰掛けの上で、苦しみをともにする人々に見守られて、死んでいくのだ。そして敗者が、最後の瞬間に至るまで反抗するというような闘いも生じない。主人公はみずからの無防備をよく承知しており、降伏し、そして死をまさしく自己との和解、成就として、憧れ求めた終焉のほとんど歓びに満ちた行為として体験するのである。飛び上がり、そして「充分に勢いをつけるため」、大きく後ろに反り返り、嘴をまるで槍投げの選手のように生け贄の口の中深く突っ込む『禿鷹』の最後の文章はこうである。「うしろに倒れながら、わたしは、のどの奥に溢れかえるわたしの血の中で、禿鷹が救いようもなく溺れ死んでいくのを、ほっと安心して感じていた。[10]」内的な勝利への確信が、死から、肉体の破滅による恐怖をすべて取り去るのである。

カフカは、このような死の場面を自分の作品のもっとも優れた要素に数え入れている。これらの「とても説得力のある良い場面」は、読者にとって「感動的」にちがいないと信じていたのである。「……その描写は、ひそかな遊戯のようなものであり、ぼくは実はその死に往く者の中において、自分が死ぬのを楽しんでいるのだ」と、彼は二〇年前に一度マックス・ブロートに語ったことがある。[11]だが、現実はまったく別の様相を呈していた。多幸症的な死の幻想は、病室の荒涼たる光景とはほとんどなんの共通点ももっていなかったのだ。現実は、カフカを執拗に追いつめ、ほとんど耐えきれないものにする。彼を、別の部屋に移すことは出来ないのだろうか。

マックス・ブロートは、フランツ・ヴェルフェルに、共通の友人カフカのために尽力してくれないかと、熱心に相談を持ちかける。「かきむしったような子どもっぽい表情」の、まるまるしたこの男が、かつて自作の詩を情熱的な魅力的な声で暗唱してみせたとき、カフカは「狂おしいほど……熱狂的に」夢中になったことがある。このことをブロートは、プラハの文学的な新発見として銘記すべきことだと、カミル・ホフマンに伝えていた。たしかに、この男ヴェルフェルなら、カフカを助けるためには何でもやるであろう。[12]

数年前からウィーンに移り住んでいたヴェルフェルは、すぐにも手を打った。彼は、ある自分と親しい女医を、ハイエック教授のもとにやった。敏感な患者の心理にもっと配慮するということは、たぶん可能なのだ。だがこの談判は、明らかに失敗に終わったので、今度は自身で、カフカに個室が与えられるよう精力的に動く。しかし、医学面における技術能力では、あらゆるところで賞賛されている医療態勢も、こと人間性の問題については、情けないほど役に立たなかった。ハイエック教授は、その種の要求には、まったく聞く耳を持たなかった。彼は、ヴェルフェルの手紙に対して、以下のような言葉で反応するばかりであった。

「ヴェルフェルという人物が、わたしに、カフカなる人物のために、何か特別に取り計らうべきであるとの手紙を寄越している。カフカとは誰か、わたしは承知している。それは、ナンバー一二の患者だ。だが、ヴェルフェルとは何者なのか。[13]」

もう大分前から世にもてはやされ、野心家の愛人アルマ・マーラーによって、ますます仕事の業績を上げるべく駆り立てられていたヴェルフェルは、ちょうどこの頃、ツォルナイ社から『ヴェルディ、オペラ物語』を出版し、更なる成功を手中に収めていた。彼はこの作品にバラの花束を添えて、病室のカフカに送った。新聞はヴェルフェルを称え、彼はまさに時の人となり、アルマは彼を誇りに思う。だがハイエックの関心は、どこか別のところにあるようだった。それとも彼は、この機会を利用して、ヴェルフェルを無視することにより、繊細な文学的感性を持つ一派に対して、少なくとも言葉の上での優位性を示そうとでもしたのか。だが、そこに人生の残酷なイロニーを感じ取ったのは、死の病に臥せるカフカであった。カフカの脳裏には、あたかも今そこに対峙しているかのように、自分たち二人の姿が浮かんでいたに違いない。つまり、「ハンガリー系のユダヤ小僧」で、「その日暮らし」の貧しさながらも、シュニッツラー家に出入りを許されたハイエックと、プラハから来たユダヤ人、カフカが。

二人とも権威に対して闘い、そしてその権威から互いに異なるとはいえ、それぞれの業績にも拘らず、自分たちの存在を認めてもらうことができない。カフカは父から自立できず、ハイエックはシュニッツラーの権威に逆らえない。シュニッツラーは、この不作法な娘婿に〈きみ・ぼく〉の関係で口をきくことを、決して許さなかった。(14) 二人の冷笑家の出会いにおけるこの運命的な関係——それは、カフカの悲劇でもあった。

しかしヴェルフェルには、他につてがあった。社会主義者にしてフリーメーソン、大学教授にしてウィーンの衛生及び福祉行政制度を指導する市会議員、そして上流社会に出入りするのを好むのと同じくらいに、芸術家の集まりに顔を出すのが好きなユリウス・タンドラー教授が友人であった。口髭を蓄え、ほとんど一六五センチにも満たないこの変人には、愛すべき特質がたくさんあった。品のよさ、そしてとりわけその雄弁の才能は、女性のみならず、学生に対しても信じられぬほどの魅力を発揮した。

彼ならば、同郷人であるカフカに、たとえば、どこかのサナトリウムに空きを見つけることなど、もっと良い条件を整えてやれる力が充分あった。(15) 再びグリメンシュタインが転地先として話題にのぼるが、カフカは、このパトロンの援助を受けることを躊躇する。この男の力添えなしでも、なんとかなるであろう。ウィーンから、おおよそ一五キロ離れたキールリングに小さな個人サナトリウムがあるという。ひょっとしたら、そこでも受け容れてもらえるかもしれない。

このように考えたカフカは、しばらくこの死の部屋にとどまりつづけた。だが四一度の熱がありながら、医者たちが依然として昼の間は「歩きまわるに任せていた」シュランメルが、四月一八日の夕方、死んでいくのを目の当たりにして心の底から震撼させられる。もはや、手の施しようのない病人シュランメルは、苦しい息をしながら、汗でしめったベッドに横になっていた。妻は、彼のこの恐ろしい状態について何も知らないのである。その日まで、彼女は、夫を見舞うことがなかった。病院の近くで働いている遠い親戚の一人が、一度ここにやって来ただけであった。家族は、彼はまもなく家に帰ってくるものとばかり信じていたのだ。だが、シュランメルはもう家に帰ることはなかった。

「大したものだ。あの後、医師の助手たちは、どうして、ベッドの中で眠れるのだろう」とカフカは憤激する。彼はまた、補佐役の僧侶とともに最期の時が来るのをシュランメルの傍らで待ち続け、ついに終油の秘跡を施した司祭の我慢強さに驚嘆する。それは、一五八四年以来続いている病人のための司牧、そして介護にあたるカメリア派修道会の神父であり、ラインラント人であった。「ぼくの隣の男を、彼らは殺したのだ」とカフカは、怒りをこめて、友人たちに告げている。医師たちがその場を「離れて」しまったということは、とりもなおさずシュランメルが、「あんなにも快活だった男が、もう死ななければならない」という合図であったということが、カフカにはどうしても理解できなかったのである。(16)

ヨーゼフ・シュランメルは、解剖された。彼の場合にも、カフカが病んでいるのと同じ病気が確認された。すなわち喉頭結核である。シュランメルの一族は非常に貧しかったので、死者をその故郷であるヴァルトフィアテルに運ぶことが出来なかった。否、彼らは、簡単な葬式と野辺送りをする費用を捻出することさえも、出来なかったのだ。それゆえシュランメルは、一夜のうちに世間がとうの昔に忘れてしまった人のように、ウィーン中央墓地の竪穴式墓地に埋められたのである。(17)

夜―死の使い

夜は、詩人の幻想と生の現実が出会う場である。シュランメルの死との闘いも夜であった。カフカの登場人物の運命も、ほとんどいつも、死の使いともいうべき闇の中で決められる。夜の黒い翼は、執行の儀式の上を覆うように拡がるので、最後の秘密はいつまでも暗闇の中にとどまったままなのである。『バケツ乗り』も、そのようにして、夕べの鐘の鳴り終わった後、夜の中を「氷山の地方へ行ってしまい、そして永遠におさらばとばかりに消えてしまう。」グレゴール・ザムザの「恐ろしい毒虫」への変身も、同じく闇の中で起こる。「そして今は?・」

と、ザムザは自問する。

「彼は、闇の中であたりを見回した。間もなく、自分がもうまったく動くことが出来ないことに気が付いた。……体中に痛みがあったが、しかし彼には、その痛みは、まるで次第次第に弱くなり、ついにはまったく消えて行くかのように思われた。」そして永遠に「消え去らねばならない」という自分の運命を、余すところなく認めて、「感動と愛の気持ちで」家族のことを思い起こしているとき、ザムザは、一種の快さとともに、終わりが近いことを感じるのである。「彼は、教会の時計が朝の三時を告げるまで、このような空虚で、平穏な内省の状態のままでいた。……それから、彼の頭は、意志とは関係なくガクリと落ち、そして鼻の穴からは、最後の息が弱々しく流れ出た。」

死んだ猟師グラックスも、夜に死の告知を受ける。「我々は、とっくに眠っていた」と、リヴァの市長は語る。「真夜中ごろ、妻が叫んだ、『……見て、窓のところに鳩がいるわ！』それは、実際鳩だった、しかし鶏ぐらい大きい鳩だった。その鳩は、わたしの耳元に飛んでくると、『明日、死んだ猟師のグラックスがやって来る』と言った。」

そして深淵の上にかかる『橋』も、川鱒のいる冷たい渓流が「暗くなり」、ザワザワと音を立てる「夕方頃」に死のドラマを見るのである。(18) 死が夜の闇からやって来るように、カフカの作品の主人公は、いわば彼の意識下の闇からやって来るのであり、作家自身による多種多様な解釈の中にあって、その秘密は依然として謎のままにとどまり、だが同時に慰めでもあり続けるのである。

ハイェック診療所に入院したとき、カフカは内心、二、三週間は滞在することを覚悟していたが、今は出来る限り速やかにここを去りたいと思う。ところが、ハイェック教授の方が疑義を挟む。教授は、その理由として自分の診療所の治療補助施設の卓越性を挙げる。つまり、患者カフカは他のどんな施設においても、これほど行き届いた治療は受けられないであろうというのである。「彼はカフカを手放すことにまさしく抵抗したのだ」と、ヴェルフェルは、マックス・ブロートに宛てて書いているが[19]、しかしカフカは、教授の意志に反しても、病院を出ようと固く決心していたのだ。このような環境では、彼はどのみち健康にはなれないであろう。むしろ逆に、ここ数日来のような夜が続くようでは、この場所はカフカには有害でしかなかった。体温曲線が、そのことを証明していた。熱が再び上がってしまったのである。それほどまでにカフカは気持ちを高ぶらせてしまったのである。自分はここを去らねばならない。

このようにして、四月一九日、この重症患者は退院し、家庭での看護に委ねられることになった。そして、それはカフカの病歴についての最後の記録であり、同時に世界でもっとも優れた咽喉専門病院での、当初大いに期待されていた治療の終わりを意味したのである。

だがカフカは、家へは帰らなかった。

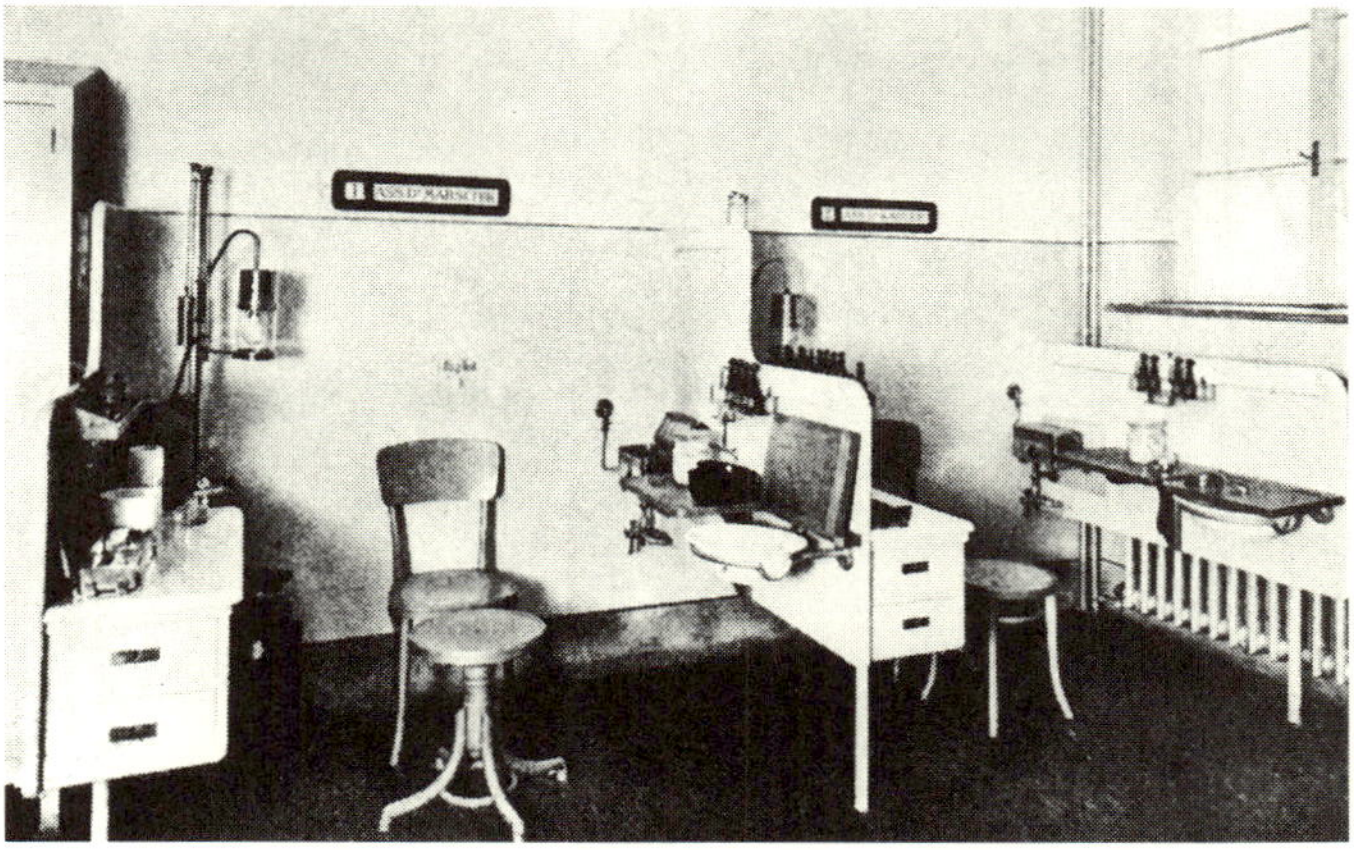

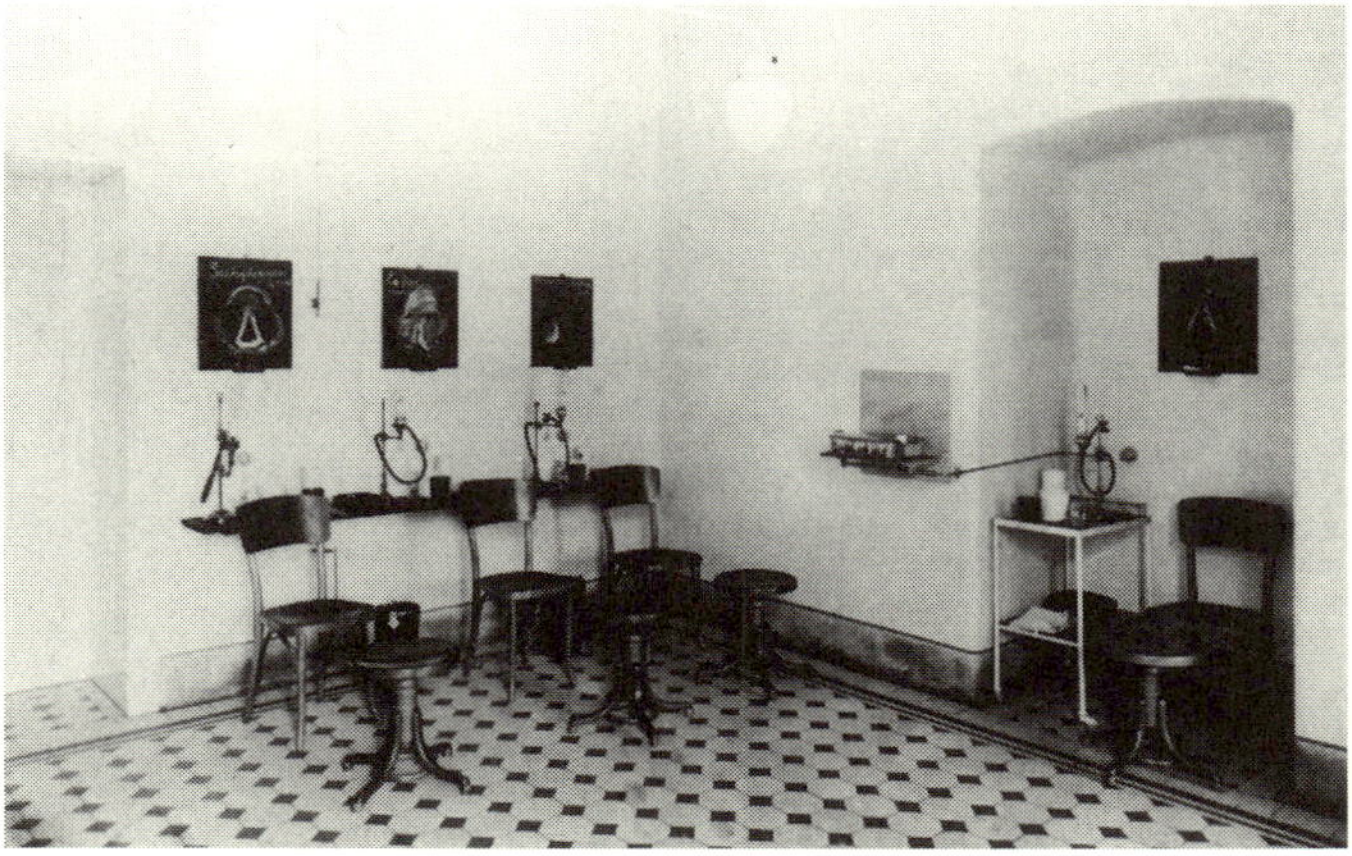

（上・下）ハイェック病棟の処置室

終着駅——キールリング

一九二四年四月一九日、土曜日。この月にしてはとてもよく晴れた素晴らしい日だった。空のあちこちには柔らかい雲が浮かぶ。穏やかな西北西の風が感じられるこの日に、フランツ・カフカは、その最後の旅に出た。目的地は、クロスターノイブルク近郊のキールリングにあるホフマン医師の個人サナトリウムであった。

一八二六年にブコヴィナに生まれたフーゴ・ホフマンは、一八九七年、モラヴィアからキールリングに移住して、棟梁のシェーマーに、キールリング本通り七一番に平屋の家を建てることを依頼する。三年後には、二階部分が増築され、個人の療養所として整備された。一九一三年からは、呼吸器疾患のためのサナトリウムとして公式に認められていた。療養費は、日に一一から一六クローネであった。(1) カフカは、早期年金生活者になってからは、月に約一四五〇クローネの年金を受け取っていたので、(2) 両親からの財政援助なしでも生活していくことが出来た。

彼がこれまで訪れた施設の中でも、ホフマン・サナトリウムは一番安く、一番小さく、一番慎ましいものであったといえる。金持ちはダヴォスへ行き、貧しい者はキールリングへ行くのである。

だがカフカは、ここでとても手厚く扱われたと感じている。到着後間もなく、日に何度かは泣かなければならなかったにも拘らず、「……病人にとって、ここは最高のところです」とマックス宛に書いているのである。彼は、自分の神経衰弱を明らかに、心を押しつぶす根深い印象を残した「おぞましい」サナトリウム《ヴィーナーヴァルト》のせいだと思っていたが、一方ではウィーンの同室の隣人、シュランメルの死が、相変わらず彼の心を重くしていたのだ。カフカは、サナトリウム《ヴィーナーヴァルト》と不親切なハイエック教授に別れを告げることが出来たのを確かに喜んでいる。だがハイエックの病院での療養生活が、たぶん友人のマックスが想像したほどには「悪くなかった」ことも認めてもいる。「反対に、あの生活は、種々の観点からすれば、一種の恵みだった」のである。

フーゴ・ホフマン医学博士

それからカフカは、ヴェルフェルから、「いろいろな好意を受けた」と語り、またマックスが彼の文学のために「面倒な手続きや交渉の仕事を見事にこなしてくれたことに」深く感謝している。[3] マックスは、この間に『歌姫ヨゼフィーネ、あるいは鼠の一族』の出版に漕ぎつけることが出来たのである。これは、カフカを喜ばせる知らせであった。この物語は、『プラハ新聞』の復活祭版の付録である「詩と世界」の一九二四年四月二〇日号に掲載され、そのことが、確かにキールリングでのカフカの上機嫌に与っていたのである。しかもそれは、何がしかの金銭上の潤いにも結びついたので、なおのことであった。

ウィーンのはずれのこの快適な地域には、人の心をなごませる何かがある。そしてこの小さな家には、大きな建物群がもつ暗さや非人間的なところはまったくない。エレベーターのあることが、ここでは特別のこととして受け取られていた。ところがそのエレベーターは、動き出すとガタガタ、ゴトゴトと途轍もない音を立て、周りの家々では明かりがチカチカするほどだったと、村の住民は語っている。本当のところは、おそらく電力供給網があまりに弱かったせいだったのだろう。

そもそもこのサナトリウムは、普通、療養所というときに想像されるものとは、あまり共通点をもっていなかった。それはむしろペンションを思わせる建物であり、実際一九二七年にホフマン医師が死んだ後では、ペンションに様変わりするのであるが、元々ほんのわずかの従業員しか雇っていない、家族経営のサナトリウムであった。スタッフは二人の若い小間使い、いわゆる臨時雇いの女中、若い雑用係のコンラート、とても腕のよい、ボヘミア出身の料理女ヨハンナ、そして親切で、しかもきっぱりとした人柄であり、持ち前の明るさで、病人たちの運

キールリングの個人サナトリウム、ドクター・フーゴ・ホフマン

臥床療法用ホールのある庭からの光景

命を、少しでも楽なものにしようと精一杯努めるデーブリング出身の看護婦ヘルミーネ・ブルクミュラーであった。部屋は、簡素であるが、感じよく整えられている。すべては清潔な白で覆われているが、小さな鮮やかな花の飾りが彩りを添えていた。ナイトテーブル付きの白い金属製のベッド、腰掛けの二つある白い机、白い洗面台、白い戸棚、窓には、愛らしいレースの付いた厚手の白い麻のカーテン、そしてほとんどの部屋には、寝椅子があった。ただ、安っぽい、ペンキを塗った床板だけが——それは出来損ないの人造石で出来た床のように見えた——、みすぼらしい黄色だった。このサナトリウムには、八つの個室があり、二人部屋ひとつと、三人部屋ひとつが、滅多にはないが緊急用に使われることがあった。それは場合によっては、見舞客のための客室としても使用されていた。(4)

カフカは、三階の庭に面した部屋に入った。(5)バルコニーは花で飾られ、庭にも花があった。芝生の真中には、手入れの行き届いたバラの花壇があり、庭の塀に沿って、檜と樅が植えられていた。通りに面した正面の部屋は暗かったが、カフカの部屋は明るく、日当たりも良かった。窓の前に立つと、マイ渓谷の素晴らしい眺望が眼前にあり、キールリング川や、丘の斜面の葡萄畑、その背後にはウィーンの森が望めた。

苦痛は再びやわらぎ、「心身の状態は、なんとか耐えられるほど」となり、カフカの傍にいたいがために、キールリングまで同行してきたドーラとともに、彼は、一緒に野外に出かけられるような気さえしてくる。実際、貸馬車屋ヴィースハイダーの一頭立て馬車《青春号》に乗って、自然がまるで春の仮装行列をしているかのような森の中を、ひとりで精神病院があるグッギングの方角へ出かけて行くのを、カフカは一度目撃されている。彼は、完璧に整えた外観によって――顔色の透き通るような青白さとまったく対照的な黒っぽいスーツ、黒っぽい髪および眉によって――人目を引いたのである。彼が、フランツ・カフカであることを知っている者はわずかしかいない。ましてや、彼が詩人であることを知る者は、誰ひとりいない。利発な若い少女、シュテファニー・カベラクだけが、道端に立ち止まり、この異邦人を好奇心にみちて見送るのであった(6)。

しかし状態は再び悪化し、このような気晴らしになる遠出も終わりになる。ユリウス・タンドラーの力添えで、同じくらい美しい環境の、だがずっと大規模なグリメンシュタインのサナトリウムにやはり移るべきだろうか、そこで無料のベッドか、少なくとも安いベッドを用意してもらうべきだろうか、という思案は再び放棄される。旅行はもう不可能だった。「さもないととてもひどいことになりかねない」と、彼は危惧するのである。「ぼくは、とても弱っている」と、彼は、おおよそ一週間後に書いている。マックスが送ってくれたレクラム文庫を嬉しく思ったが、彼は、もうほとんど読めないのである。「もはや本当に読んでいる、というわけではないのです(けれど、ヴェルフェルの小説は、ぼくはものすごくゆっくり、だが着実に読んでいる)。そうするには、ぼくは疲れすぎているのです。目も、今はつぶっているのが自然な状態です。けれども本やノートと戯れることが、ぼくには幸せなのです(7)。」

医者と患者

ホフマン医師は、療養所が家族的な雰囲気となるように非常に心を砕いていたが、それはこの患者数が少ないことにより容易に達成された。ホフマンは、自身の好みを反映して音楽に関することが多かったが、さまざまな催し物を企画したり、ハイキングを計画したりし、それにより患者との触れあいを大事にした。そのため、胃病のゆえにダイエットを余儀なくされていたにも拘らず、瀟洒な食堂での会食会にも参加した。彼にさしつかえがある時には、娘たちのひとりがホスト役を務めたが、大抵の場合、それは一番年上の娘であった。

このサナトリウムの聞こえ高い看板娘は、若い男爵令嬢、ヘンリエッテ・ヴァルトシュテッテン＝ティッペラーであった。それは必ずしも、彼女の稀に見るほど美しい金髪のせいばかりではなかった。その髪は膝まで届くほど長く、太いお下げ髪に結ってあった。誰もが、彼女には感嘆するのだった。非常勤の若い医者のひとりは、彼女の魅力には抵抗できない、と率直に言い、彼女に惚れ込んでいたある若い患者は、その素晴らしい金髪の一本をこっそり自分のワイシャツの襟に縫い込んでいる所を、彼女自身に発見されている。ホフマン医師にとって、ヘンリエッテは、生きようとする意志の模範例ともいうべき存在であった。とはいえ、発病後七年目にしてこの病気を発見した医師たちの方は、もうとっくに彼女を見放していたのである。

だが彼女は、食物の力によって、まんまと死を出し抜くことが出来ると信じ込んでいた。吐き気と嫌悪の気持ちを乗り越えて、彼女は、可能なものはすべて、自分のお腹の中に詰め込み、他の人たちが残したキュウリサラダを八人分も平らげたりした。そして腹痛を我慢しながら、毎日ほぼ一キロずつ体重を増やし、計三〇キロの増量に成功し、そして生き延びたのである。ヘンリエッテでさえ残したものは、こっそりと従業員の方へ押しやられた。それは、節約という観点と感染の恐れゆえに、ホフマン氏を怒らせるに足る悪習であった[8]。

患者の大部分は、もうほとんど回復の見込みのない段階にあった。そしてほとんど誰もが、そのことを知っていた。それにもかかわらず、彼らは、まるで死のことなど真面目に受け取っていないかのような素振りをしていた。死を嘲る詩を書いてみたり、茶化してみたり、衝撃的なほどの生の欲望をもって、グロテスクな世界に逃避したりして、見舞に訪れた人々を困惑さ

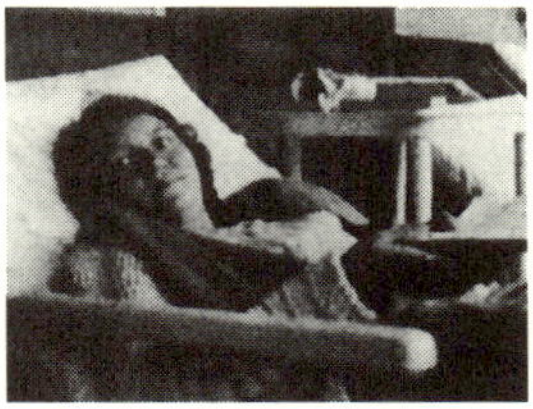

ヘンリエッテ・ヴァルトシュテッテン=ティペラー男爵夫人

カフカの病室の前のバルコニー

せることもあった。このようなサナトリウムには、卑近な噂話が特徴的であり、それは看護婦が自分の見聞したことを伝えるのに応じて、病院内にまたたくうちに広がっていくのだった。カフカについては、あまり話題にはならなかった。(9) カフカは、サナトリウムの日常の行事にはほとんど参加していなかったし、食事は大抵ドーラが用意して自分の部屋で摂り、臥床療法はバルコニーで行っていた。要するに、彼が他の患者と接触することはなどは、まったくと言ってよいほどなかったのである。他の患者たちは、カフカの顔を見たことがない。従業員の語ることから知るだけであった。大方の人々にとって、彼は、プラハから来た法学博士であり、詩人だったことは、後になってから人の口にのぼるようになったのである。

カフカの病状は、あっという間に悪化して、もはやベッドを離れることができないほどになる。ドーラから病気の経過について常に報告をうけていたカフカの家族から連絡をうけたローベルト・クロップシュトックは、プラハからキールリングへ駆けつけ、この友に対する感謝の念をここで実証してみせる。つまり彼は、ドーラとともに、真に心を打つ、献身的なやり方でこの重病人の面倒をみるのであった。二人は、安全に守られているとは、どういうことかを自分に実感させてくれる「小さな家族」である、とカフカは記すのである。

ホフマン医師が、胃の病気のため一時的に患者を診察できないときは、代診を立てなければならない。助人に頼んだ医者のなかに、ホフマン医師の息子のかつての学友で、一九二三年に学位を取り、今はウィーンのヴィルヘルミーネン病院で働いているフリッツ・ミュラー医師が

臥床用バルコニーのある病室

食　堂

いた。ミュラーはクロスターノイブルクに住んでいるので、ときおり代診を務めることには、なんら支障はなかった。思いもかけずに彼は、ここでもうひとり別の学友と患者として再会する。郷土詩人のローラント・ヘニングである。ヘニングは、芸術的な才に恵まれた家系の出であり、才能の遺伝の典型的な例であった。父カール・ヘニング博士は、さまざまな本を著わす一方で、ムラージュ（解剖学教材用の蝋製人体模型）技術によって名声を博した人物である。医学界が、ひどく唖然としてしまうほど巧みに、カール・ヘニングは、その芸術的才能によって、深い傷跡や、欠けた鼻、耳、それどころか瞼の代用品さえをも模造し、しかもそれらはあまりに自然だったので、しばしば恐ろしいほど醜い印象を与えるようになってしまった患者たち、――それは多くの場合、戦争による傷害の犠牲者だった――も、その本来の外観を取り戻し、またそれによって自己意識も再び取り戻すことが出来るのだった。このような才能溢れる医者が、虫刺されで三日のうちに死んでしまったのは、運命の皮肉としか言いようがない。

ローラント・ヘニングの母トゥスネルダは詩人であり、突飛な行動で目立つ興味深い存在だった。ヴァインヘーバーも所属していたウィーンの《精神的創造者のグループ》の多くの仲間たちとともに、世に知られた人物だった。下の息子、テオは、財政的困難から、父親のムラージュ技術を利用し尽くし、画家としてのみならず、マスクづくりでも一名を馳せたのであるが、トゥスネルダは、この息子をそそのかして、病気の兄のいわゆる謝礼金として、ホフマン医師とその妻の肖像画を描かせている。兄弟たちが上品な装いで目立つのに対し、ローラントは身なりをかまわず、母親と同じく、際だってみすぼらしい突飛ななりをしていた。彼も、カフカと同じく、法学をおさめたが、司法活動よりも、愛するヴァハウ[*1]渓谷をたくさんの詩行でもって讃えることにずっと心惹かれていた。彼の『愛しのヴァハウ』は、テオが挿絵を描き、数年後には、フランツ・レドヴィンカによって作曲された[10]。「ぼくは、ここで唯一人の詩人ではない」と、ヘニングはミュラー医師に向かって言明する。「もうひとり、プラハ出身の詩人がいる」と。この指摘によって初めて、若い非常勤の医師は、カフカに興味をもちはじめるのだった。

ヘニングは、誰にでも愛されるタイプではなかった。その世間離れした、いささか高慢な態度は、もっとも仲の良い友人たちにさえ、奇妙な、うさんくさいものに映り、それ故彼は変人で通っていた。従業員に対しては、距離を置いた態度をとり、患者たちには——その中には何人かユダヤ人もいたのだが——、心を傷つけるような態度すら示した。彼が、一度あるユダヤ人を真似してからかったとき、その人は、感情を害して「ユダヤ訛りを、使わないでくれ」と言った。するとヘニングは、当意即妙に、「ぼくには、どちらでも構いはしないが、あなたには、これしかないものね」と答える。友人たちは、ヘニングの反ユダヤ的言動は、むしろ「悪意のない、『フ

ローラント・ヘニング

リーゲンデ・ブレッター』[*2]ふうの風刺」に過ぎないとみなしていたが、ホフマン医師は、患者たちの心の安心という観点から、このようなヘニングの態度に対しては、訓戒を与えねばならないと考えていた。

カフカ最期の日々

「人工気胸法は、これまでのところ、結核治療における唯一の進歩である」と、肺の専門医、ゾルゴ教授はミュラー医師に語る。ツベルクリン治療には、今だ大いに議論の余地があり、それゆえ人工気胸法が、ほとんど唯一の結核治療のための医学的な可能性であり、それと並んで、短く〈五つのL〉と言われる光(Licht)、空気(Luft)、転地(Landaufenthalt)、肝油(Lebertran)、そして愛(Liebe)という有機体の抵抗力を高める処置法があった。

診察室には、簡単な家庭用救急箱があるだけのホフマン医師のサナトリウムでは、もっぱらこの〈五つのL〉に治療法は限定され、患者を太陽灯で照射する療法とともに実践されていた。それは、ホフマン医師が殊のほか誇らしく思っていた近年の研究成果のひとつだった。(その重要さを、ユダヤ人のシュヴァンメル医師は、以下のような言葉で強調している。「わたしはなんの治療もしない、だがわたしには、太陽灯がある。」)

ホフマン医師には、数少ない患者たちのほとんど相違点のない病歴は頭の中に入っていたので、診療カードボックスの設置は不必要と考えていた。ミュラー医師も、まったく記録を取らなかった。カフカは、彼にとっては「いかなる点においても、図式を外れていない」患者である。つまりこの患者は、フティーシス・デスペラータ、一般的には、労咳として知られる結核の、実際的には、回復の見込みのない最終段階にあることは間違いなかった。通常、この段階の患者は、緊張がゆるみ、かえって朗らかになる。だが特に悲惨なのは、喉頭結核を病む者が、咳や、発話、および嚥下の障害に加えて、呼吸困難、喀痰困難、そして喉頭蓋を閉じることができなくなるケースである。そのときその同情すべき状態は、同時に、窒息死、餓死、そして嚥下性肺炎の危機にも迫られているのだ。それは、この病に通じている医者にとっては、「通常の経過」なのであり、「喉頭結核という事実と、一度折り合いをつけてしまえば、ぼくは自分の状態は耐えられる」[11]と、かつて主張していたカフカにとっても、またその通りなのであった。

「最終段階の図式〈F〉とは異なる変種」ならば、なにがしかは、ミュラー医師の記憶に残っていただろう。カフカが自分自身を辱しめたり、大声で怒鳴ったりすれば、あるいは、医者という階層そのものについて攻撃していたならば、カフカはたぶん自分の目にもとまったであろう、とミュラー医師は語っている。しかしカフカは、控えめで、落ちついており、目立たなかった。つまり、それぞれの特殊性が、ほとんど知られていなかった多くの患者たちのひとりであった。

「徴兵検査後、自由意志で入隊し、石灰岩だらけのドロミーテン地方に居住し（洞穴とか、射撃壕を住居とよべるならば、であるが）、それからは、昼も夜も自分の勉強のこと以外は何も知らなかったクロスターノイブルクの新参医者、そんな若者に、文学の一体何が分かろうか」と、ミュラー医師は、後になって、自分の「無知」について言い訳をしている。

喉頭結核は、ある一定の段階からは、癌の場合ならば数ヶ月かかる破壊のプロセスを、一週間以内で進行させることを医者たちはよく承知していたのだが、しかし患者の「医術」に対する疑いに対しては、彼らはただ信頼してもらうという方法によってのみそれを退けたり、押しのけたりすることが出来ただけであった。パントポンやモルヒネ、そして熱冷ましで症状や苦しみを和らげる可能性は、したがって医者たちにとっては大いに助けになった、とミュラー医師は、自分の「若かった頃の、非常勤の代診医師時代の、惨めな時間のかかる医療行為」について、冷静に語っている。患者の気分を引き立てようとする彼の試みは、カフカの場合には、なんの効き目もなかった。カフカとの間に心のつながりを成立させることは、彼にはうまく行かなかった。だから彼の回診も、医者としての義務の程度を越えることはなかったのである。[12]

カフカの治療は、「さしあたっては、熱があるため他の療法をほどこすことはできず、湿布と吸入であった。」砒素注射をするという提案に彼は抗い、四月の終わりには、両親に「熱を、あまりひどいことと考える必要はありません」と告げており、同時に「たとえば今朝は、三七度です」と、彼らを安心させようとしている。[13]喉頭の痛みに対して、まず初めは麻酔の注射があって、それから粉薬をもらう。その効果について、カフカは以下のように書き記している。「……今日の午後以降は――といっても裏切られることはいくらでもあるが――、ボンボンは、すぐ後に無限に続くひりひりする痛みを度外視すれば、注射よりもよく効く。……よく効くということは、注射の後でも襲ってくる痛みが、この場合はちょうど食物がその上を通るとき、傷口が少しふさがったかのように、多少鈍くなる、ということだ。[14]」それと並んで、喉頭を休ませるための「沈黙療法」が指示され、カフカは、筆談によってしか意志を伝えられなくなる。栄養の摂取は、ますます困難になる。ヨーグルトや西洋風麺類《ヌーデル》、飲み物のような、粥状、あるいは簡単に喉を滑っていくような食べ物だけを、頭を前に傾けた状態でようやく摂ることが出来た。だが、食べるときの痛みはますます昂じてきて、水を飲み込むことさえほとんどできなくなり、しばしば渇きに悩むようになるのだった。

　病状は、数日足らずでひどく悪化した。ドーラは絶望して、専門医のノイマン教授とベック講師を、ウィーンからキールリングの病床まで呼び寄せる。ベック医師は、喉頭に喉頭蓋の一部も巻き込んで、結核による崩壊状態が進行しているのを確認する。「このような診断結果の場合、なんらかの手術による処置はもはやまったく考えられない」と、ベック医師は、翌日、心配しているフェリックス・ヴェルチュに宛てて書く。恋人のことが心配でたまらなくなったドーラは、その他数人の専門医を診断のためにキールリングに呼ぼうとする。だがベック医師は「カフカは、肺に関しても、喉頭に関しても、もはやいかなる専門家も助けることは出来ず、

オスカー・ベック医師

ただ、パントポンやモルヒネによって、痛みを和らげることしか出来ない状態にある」ことを、はっきりと彼女に告げる。[15]

ベック医師は、喉頭上等神経へのアルコール注入により、持続的な痛覚喪失の状態をカフカにもたらすことを決める。この神経を見つけるにはかなりの熟練が要請され、患者にとっては、それは痛みを伴う処置を意味した。だが神経を殺すことにより痛みをなくそうとするこの試みは失敗した。ドーラは医師に、「効果はほんの一時的なものでした。痛みは、同じくらいの強さで再び生じてきました」と報告しているのである。[16] そのような注射を繰り返しても、そして麻酔薬による治療を継続しても一向に効果は得られなかった。「たとえぼくが何かによって、ほんの少しでも快方に向かうことがあるにしても、麻酔薬によってではないだろう」と、カフカは述べている。[17]

医者たちは、病人の命をあと三月とみていた。彼らはそれゆえドーラに、「親類縁者には、状況の深刻さをはっきりと説明するように」助言する。そして彼を、プラハに連れ帰ることも。だが彼女は、それを拒否する。なぜなら、「それにより、病人に病状の重大さがはっきり知らされてしまう」ことを恐れたからだ。[18]

マックスは、カフカにはもう回復の望みはないことを知ると、五月一一日、日曜日、もう一度フランツに会うためにウィーンへと急いだ。フランツ・ヨーゼフ駅近くのホテルに一泊すると、翌朝、最初の列車でクロスターノイブルクに向かい、そこからバスでキールリングへ行く。彼を不安にさせないために、マックスはウィーンでの講演を口実にする。だがその講演は、実際はカフカを見舞うために引き受けたのだった。ヘンリエッテ・ヴァルトシュテッテン＝ティッペラーは、以前から評判を聞き知っていたマックス・ブロートの到着を聞いて、初めてカフカに興味を覚えた。カフカの作品のついては、彼女はそれまで何も聞いたことがなかったのだ。[19]

マックスは、夕方までフランツのもとにとどまった。そしてカフカの結婚の意向についても聞かされるのである。恋人の献身の中に、いつも結局は愛における自分自身の不能と冷たい感情への非難が具現されていると感じてしまうカフカは、「恋人の存在に耐えること」が出来ず、[20]これまではいつでも女性関係からは、体よく身を引いてしまっていたのだ。おおよそ二年前に、彼は、日記に書いていた。「……『あなたを愛しています』という言葉を（ぼくは一度も聞いたことがない）、ぼくは、ただ自分自身の『君を愛している』という言葉によって中断すべきであったかもしれない、静かな待ち時間を経験しただけだ。それ以外は何も経験してない。」また彼は、「ぼくの脳裏に絶えず登場する拒否的身振りの人物は、『わたしは、あなたを愛していない』という人物ではなくて、『あなたは、自分でいくらそう欲しても、わたしを愛することは出来ない』という人物なのだ……」と告白している。[21]

ところが今や、ドーラは、幸福へのカフカの要求を叶えてくれる存在のように感じられるのだ。これまでは強迫観念に取りつかれたかのようにうまく行かなかった事柄においても、今は病気が神経をやわらげるので、自分の憧れ望んでいたものを、臆することなく味わうことが出来るような気がするのである。ドーラの犠牲的な看護、母親のような暖かさ、自分の命をこの重病人と分け合おうとする無私の、絶対的な覚悟は、すべての苦しみを越えて輝く魂の偉大さの現れであった。マックスは、この二人の男女は「まことにぴったりと」調和しあっていると確信する。二人の「家族風呂」の戯れを、彼は感動しながら見つめるのである。二人が、自分たちの両手を同じ洗面器に浸すと、それがいわばこの戯れのシンボル的行為となるのであった。

カフカの生への意志は、これまでになく強固だった。「ぼくが、人々の前からこそこそ逃げ出すのは、安んじて生きているからではなく、安んじて滅びようとしているからである」[22]と、彼は二〇年前に主張していた。だが今は、そんなことはありえなかった。彼は独身生活を絶望的な内面の闘いにより、自己放棄の限界まで守ってきたのだが、今やそれを、ドーラを前にして放棄したのである。彼は、マックスとハムスンの『大地の恵み』についてかつて議論したとき、この小説において、すべての悪がいかに女性に由来しているかを詳しく説明してみせたが、ドーラは、その逆のことを証明し、彼の疑念を晴らしたのである。カフカは、手紙でドーラの父親に、結婚を許してくれるように頼んだ。自分は、確かに彼の言う意味での信仰あるユダヤ人ではないが、しかし「悔いた者」であり、「改心せる者」であり、それ故に、ドーラの敬虔な父の家族の一員として受け容れて貰うことを望むのであると。カフカはたぶん、ドーラが明らかに彼の愛する力の限界を承知していたがゆえに、かえってこのような挙に出る決心をしたのである。だが、彼は無意識的に、自分の罪とその執行猶予の期間の程度について弁明する以前に、自分は責任を免れているであろうことを予感していたようである。

マックス・ブロートが、キールリングに着く少し前に、カフカは求婚に対するドーラの父親からの返答を落手していた。父親は、ゲーラー・レッベ・モルデカイ翁の影響を受けており、この結婚には反対であった。すなわち、説明もない、かつ撤回不可能な拒否であった。この知らせが届いたときには、ドーラは自分はフランツを失うだろうと、もうとっくに覚悟していたのだ。数日前から、彼女は、夜になると窓辺に、死の鳥が飛ぶのを見ていたのである。

フランツは、その手紙を不吉な前兆と捉え、ひどく取り乱したので、友人たちは彼の気を逸らそうと苦心した。予定されていたマックスのイタリア旅行について歓談したり、次はいつ会おうかと話すのだった。マックスには、医者たちのあらゆる悪い証言にも拘らず、カフカの状態がそんなに絶望的であるとはどうしても思えなかったのである。翌朝、プラハに発つとき、マックス・ブロートはこれが、自分の愛する長年の友との最後の邂逅になろうとは、予感すらしなかったのである。

週に一回、チャスニー教授がウィーンからやって来る。この私心のない、愛すべき男は、自分の診察に関してほとんど何も要求しなかった。カフカは、この医師にも、大きな信頼を寄せ

クルト・チャスニー教授

ているもうひとりの若いウィーンの医師に対しても、同じくらい心惹かれるものを感じていた。若い方の医者は、週に三回、彼のところにやって来た。「だが、車でではなく、慎ましくも鉄道とバスを乗り継いで」やって来るので、カフカは、彼の訪問をますます高く評価していた。この二人の医者は、プラハの若い建築家であるレオポルト・エールマンが、紹介してくれたのである。エールマンの叔父、サロモン・エールマン博士は、ウィーンで皮膚科医として卓越した名声をほしいままにしていた[23]。チャスニー教授が、カフカの喉は良くなっているようだね、と伝えると、カフカは、喜びのあまりドーラの首に抱きつき、彼女を何度も何度も抱きしめながら、自分は、今ほど健康と生を望んだことはなかったと、彼女に語るのであった。だが、この束の間の良好状態は、一瞬の光に過ぎなかった。カフカの痛みは、とてもひどくなり、その結果、食べ物や飲み物を呑み込むことは、まったくの苦痛そのものとなる。「もし現在のぼくの食事が内側から回復をもたらすには不充分である、ということが真実ならば、——おそらくそれは真実なのだろうが、そうならば万策は尽きてしまったのだ。奇跡を除いては」と、彼は書き記している。実際彼はとても痩せてきて、体重は四五キロにも満たないほどだった。「もし、西洋風麺類《ヌーデル》が、こんなにも柔らかくなかったなら、ぼくは、食べられなかったろう。ありとあらゆるものが、ビールでさえひりひり痛むのだ」と、彼は友人たちに告げている。[24] 彼は、しょっちゅうビールを要求していた。

二日おきにサナトリウムに来て、患者たちの髭を剃る若い理髪師、レオポルト・グシルマイスターは、カフカの外貌に驚愕した。レオポルトは髭を剃るとき、カフカの皮膚を傷つけないようにひどく苦心した。それほど、カフカの頬は落ちくぼんでしまっていたのだ。「彼は骸骨のように見えました」と若き理髪師は、同情で胸をいっぱいにして語っている。カフカが自分とは一言も言葉を交わさなかったので、グシルマイスターは、この外国人はドイツ語を解さないとばかり思いこんでいた。彼はこのプラハの法学博士が、沈黙の判決を申し渡された詩人であるとは知る由もなかったのである。[25]

恐ろしい病状にも拘らず、カフカはシュミーデ出版社がサナトリウムの彼のもとに送って寄越した短編集『断食芸人』の校正刷りを、そんなことをすれば、自分の体に障るのを知りながらも、読もうとする。「……やはりぼくは、この物語を改めて体験しなければならない」と、彼は、ローベルトに告げている。ローベルトは、友人がこの物語の主人公と同じく、ほとんど飢え死にしそうな身体の状況にあるのは、「ひどく不気味だ」と感じた。実際、短編集の最初の数ページしか、

『断食芸人』初版本の表紙

カフカは校正することが出来なかった。この仕事は「彼にとっては、途方もない心の緊張を要求するばかりでなく、また心を揺さぶる精神的な再会でもあった」ので、長い間、涙が頬を伝って転がり落ちるのだった。この種の内面の感動が表出される場に居合わせることは、友人たちにとっては初めてのことであった。なぜならカフカは、その生涯においてほとんど超人的ともいえる自制の態度を堅持してきたからだ。(26)

カフカの両親は、見舞いに行くつもりであると手紙で知らせてきた。だが彼は、両親が彼の状態を見て、極度の心配と不安に突き落とされるだろうと考え、それを止めさせようとする。ローベルトとのやりとりを記録した会話メモでは、カフカは死の恐怖を書き記しているし、またある時は、回診の後にすっかり諦めきって「救いの主は、またしても救いの手をさしのべることなく立ち去る」(27)と、はっきりと語っている。だがそれにも拘らず、五月半ばすぎの両親への手紙では、カフカは、両親にはほとんど想像も及ばないだろうほどのローベルトとドーラの介抱によって――「この二人がいなかったら、ぼくは一体どうなっていたでしょうか」と付け加えつつ――、自分はあらゆる衰弱から抜け出しつつあると、断言さえしているのである。「すべては、極めて良好な初期状態にあります」と。しかし「見舞客には――特にあなた方のように素人目にしか病状を判断できない人たちには――歴然とした、否定しがたい回復状態にあるとは見えないから」、良好な初期状態といっても大したものでもない、と留保しているのだ。その上、今はただ囁き声でのみ会話が許されていること、しかも、それ程しばしば許可されるのではないことも、考慮してくれるようにと、書いている。

自分は、相変わらずとても美しいとはいい難い、それどころか「まったく見るに値しない」というカフカの言葉には、常に自分の外観を気にしすぎるほど気にする彼であればこそ、人の心を打つものがあり、容易に理解しうるものがある。[28]まさにこのような意識が、カフカを苦しめていたに違いないのだ。彼は、一九二一年、まだ手の施しようのないほど病状が悪化していなかった頃、マックスに宛てて、もしも自分が健康であったら、結核という病気にかかった「隣人がいた場合、自分はひどく不愉快になるだろう。常に潜在する感染の危険性のせいばかりでなく、この長く続く病気は、とりわけ汚いから、……すべてが汚ならしいから」と書いているのである。[29]そういうわけで、カフカは両親に「とりあえずは、見舞いはやめにしてもらえないか」と問いかけるのである。両親は長いこと思案にくれていたが、結局ことすでに遅しという事態にまでいたるのである。

五月が終わりに近づくにしたがって、カフカの状態は絶望的になっていくように思われた。「だが、これも馬鹿げた観察にすぎない」と、彼はあるメモに書きつけている。「ぼくが食事を始めると、喉頭の中で何かが下に降りていったのだ。その後で、ぼくは素晴らしく自由になり、そしてありとあらゆる実現可能な奇跡について考えたほどなのだが、しかしそれもすぐに終わってしまった。[30]」ひどく慰めを必要としていたのに——彼は、ドーラに「額に手をおいてぼくを勇気づけてくれ」と頼んでいる[31]——、そのドーラの慰めの言葉を信じることは、カフカはとうの昔に出来なくなっていた。「いつだって、この『さしあたりは』なのだ……ぼくらは、まるで良い方へ向かうことがあるかのように、喉頭のことを話しているが、それは、実は真実ではない。」

気晴らしのために試みた楽しい筈の瞬間においてさえ、暗い予感が感じられる。カフカは、身のまわりの花々に、特別の興味を寄せている。黄花藤《ゴルトレーゲン》を求めたり、芍薬の花の世話をしてみたいと思うが、それは、「それらの花がたいそう脆いから」である。また、切り花の扱い方を記した新聞記事を注意深く読み、それらの花の世話について、たとえば以下のような指示を与えている。「斜めにはさみを入れること、……水をもっとよく吸えるように、葉っぱも手折ってやること。」これらすべての言葉の裏には、「枯れて死ぬ」ことが投げかける影があるように思われる。水を求める欲求がますます昂じてきたカフカは、そのような自分自身を、もっとも美しい花の盛りに生命の根源から切り離され、いわば死を宣告されて、それゆえ常に水を求めている植物と同一化しているのである。

「あのリラを見て下さい、新鮮な朝よりも、もっと新鮮です。」

「なんと不思議なことでしょう、あのリラは死にかけながらも、まだ水をむさぼるように吸っています。」

リラは、カフカのもっとも強い関心を、繰り返しひきつけた植物だった。この花の最期は、まさに彼自身の生の終わり方なのだ。「死にかけているものが、水を飲むなどということは、普通は起こらない。[32]」

六月二日、月曜日。カフカは、思いもよらぬほど快活だった。上機嫌で、ローベルトが町から持参した旬のものをすべて味わい尽した。苺とさくらんぼを食べ、それらの香りを楽しむ。この最期の日々においては、彼は、どんな些細なことでもすべて、二倍の強烈さで享受していたのだった。

ドーラは、ほとんど体力の限界にありながら、夜は、カフカのベッドの傍らに腰を下ろし、その眠りを見守るのであった。朝の薄明かりの中で、彼女は、フランツが苦しそうに息をしているのに気づく。不安になったドーラは、クロップシュトックを呼びに行く。クロップシュトックは、危険を察知し医者を起こす。医者は病人にカンフル注射を施す。カフカは、かつてマックスに、「もし痛みがそれほど激しいものでないとすれば、死の床においても、自分はことのほか満たされた思いをもつだろう」と言ったことがあった。[33]しかしこの思いは、今の彼には拒絶されているのだった。痛みは、非常に耐え難いものだったので、彼は、ローベルトにモルヒネをくれるように懇願する。「最期のときには、あれをくれるという約束だったでしょう」と、彼は、友人に思い出させようとする。「しかも四年も前から」と。

絶望して、彼は「ぼくを殺してくれ、さもなければ、あなたこそ人殺しだ」と、友に要求するのである。カフカは、パントポンをもらうとようやく落ちつく。「これでいい、けれども、これ以上はなんの役にもたたない。これ以上は。」

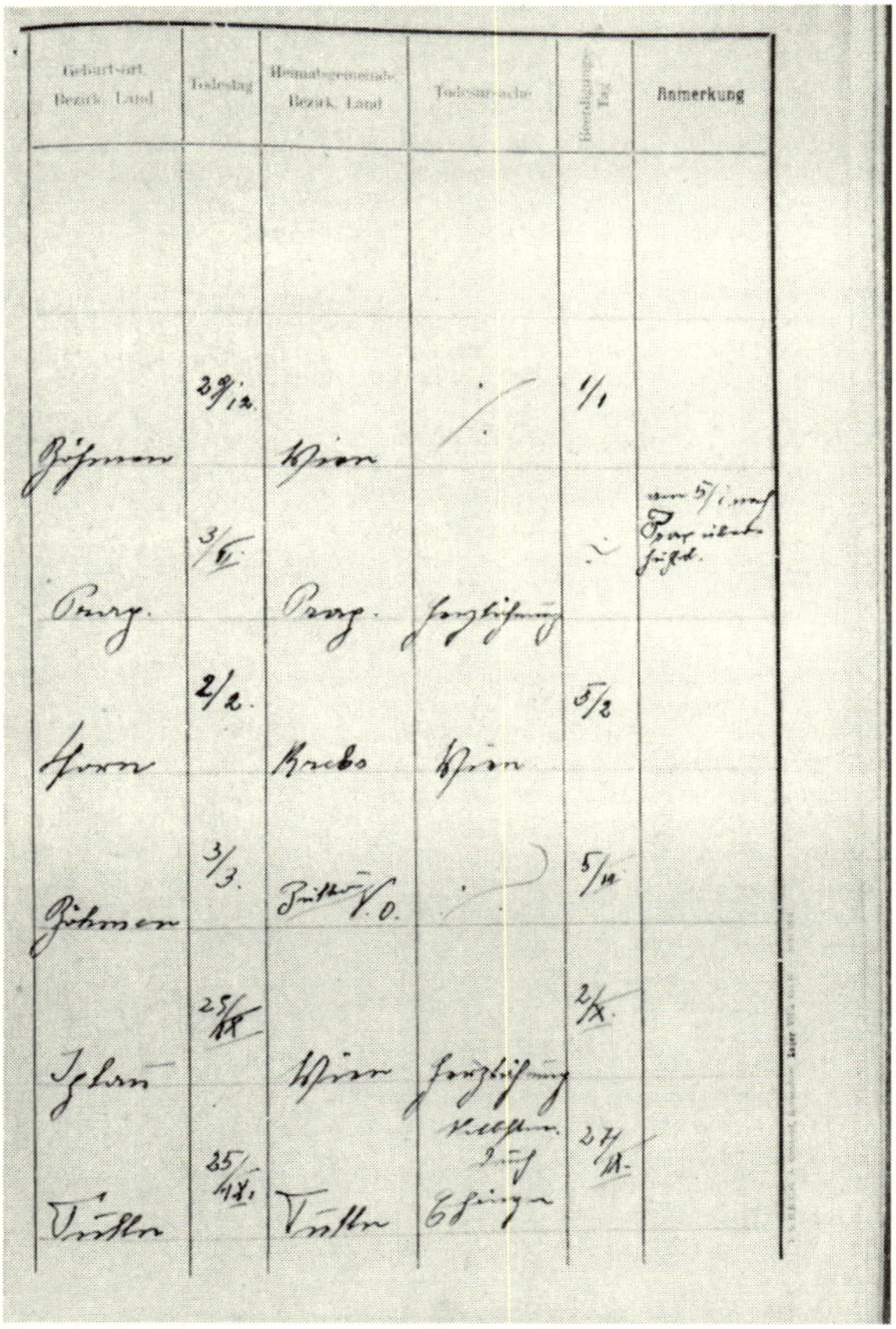

Geburtsort, Bezirk, Land	Todestag	Heimatsgemeinde, Bezirk, Land	Todesursache	Beerdigungs-Tag	Anmerkung
Böhmen	29/12.	Wien	.	1/1	
Prag.	3/VI.	Prag.	Herzlähmung		am 5/VI nach Prag überführt.
Wien	2/2.	Krebs	Wien	5/2	
Böhmen	3/3.	Bitterf V.O.	.	5/10	
Iglau	25/IX	Wien	Herzlähmung	2/X.	
Tulln	25/XII.	Tulln	[illegible] durch Erhängen	27/XII.	

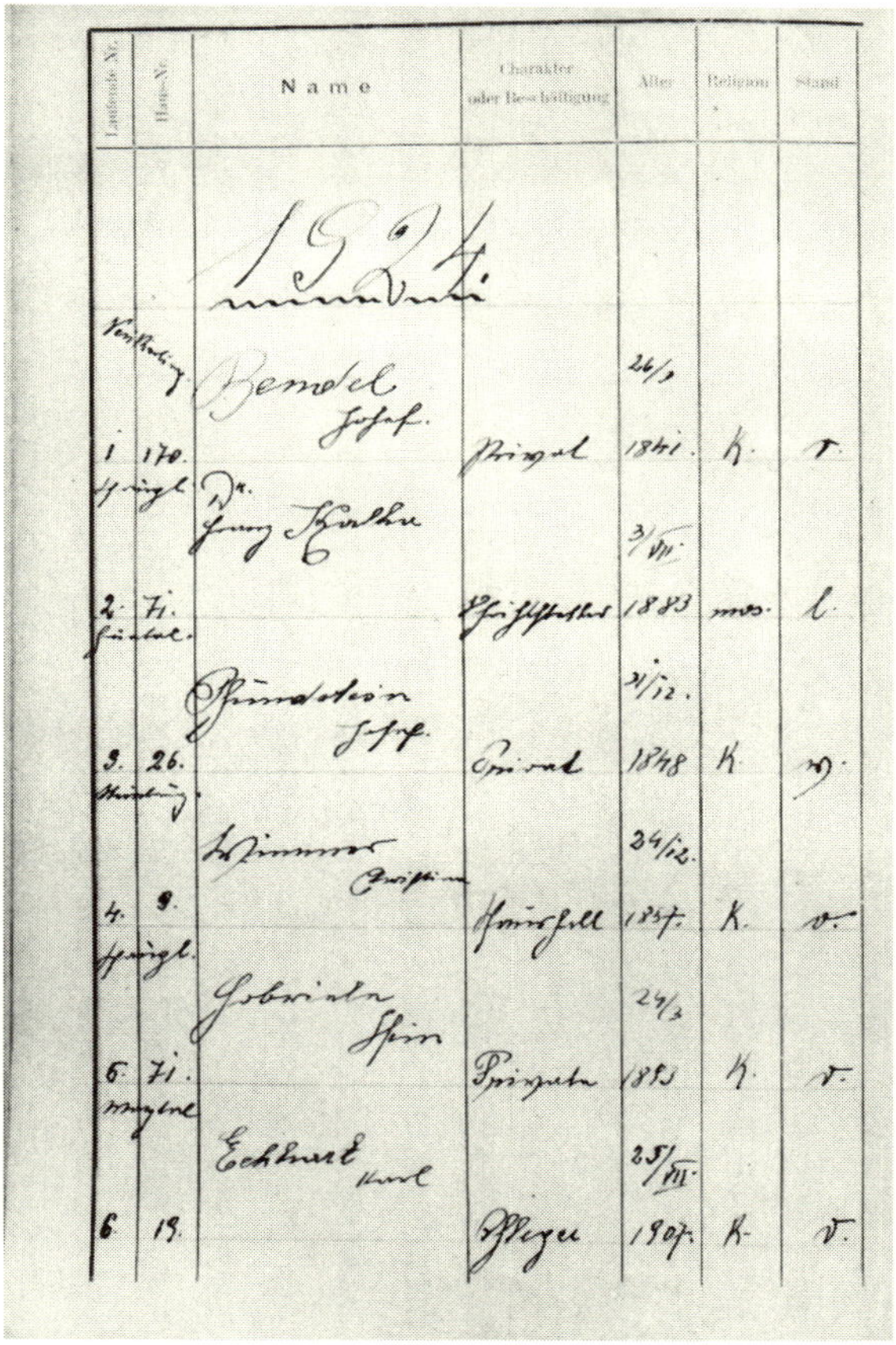
Laufende Nr.	Haus-Nr.	Name	Charakter oder Beschäftigung	Alter	Religion	Stand
		1924				
1	170.	Bendel Josef	[illegible]	26/5 1841.	K.	v.
2.	71.	Dr. Franz Kafka	Schriftsteller	3/VI. 1883	mos.	l.
3.	26.	[illegible] Josef	[illegible]	21/12. 1848	K.	w.
4.	9.	[illegible] Christine	[illegible]	24/12. 1857.	K.	v.
5.	71.	[illegible]	[illegible]	24/3 [illegible]	K.	v.
6	19.	[illegible] Karl	Pfleger	25/VII. 1907.	K.	v.

カフカの死亡記事のあるページ

カフカは、実際もう救いようがなかった。カフカは自身でもそれを知っており、そして断念するのである。「これ以上、苦しむことはない、なんのために長びかせるのか。」

クロップシュトックが、注射器を洗浄するためにベッドから離れようとすると、「行かないでくれ」とカフカは懇願する。「ぼくは、どこにも行きはしないよ」(34)と、友人は彼をなだめる。「でも、ぼくの方が行くのだ」そう言って、カフカは目を閉じた。

一九二四年六月三日、火曜日の正午に彼は逝った。一筋の虹が、陰鬱な雲り空の上に橋をかけていた。厚い雲を、ときおり、一条の陽の光が破る。(35)

医者は、その死を心臓麻痺によるものと確認した。(36)

このようにして、この詩人の全生涯の経過そのものの如く、カフカの遺体は誰からも注目されることなく、六月五日、はんだで密封された棺に入れられて、プラハへと送られた。

フランツ・カフカとは誰か

世間は、存命中のカフカに注意を払わなかった。ましてや死んだ彼のことなど、まったく気にもかけなかった。特に、オーストリア連邦首相、イグナッツ・ザイペル暗殺計画についてのセンセーショナルな報道が、すっかり世間の耳目を奪っていたこの時期においては、なおのことだった。ザイペルは、この事件の数年後にサナトリウム《ヴィーナーヴァルト》に滞在するが、長生き出来ず、極めて著名な患者として療養所の記録にその名をとどめることになる。

新聞は、この暗殺計画についての憤激や同情の表明でいっぱいであった。一九二四年六月三日付の『新自由新聞』には、「ある犯罪の心理学について」が掲載されている。

「ヤヴォレック（Jaworek）！　このいかつい音のつづりを、忘れてはならない……ここには、ひとりの小人の、これまでのあらゆる概念をもってしても表現できず、狂気という名称も十分ではない、とんでもない暴力行為と結びついた増長がある。なぜなら、狂気とは、少なくとも定義しうる何ものかであるからだ。」

カフカを定義することは可能か。これを確認するのに時間はいらない、少なくとも今は。カフカが死んだ当日、『ウィーン新聞』紙上では、ヘルマン・バールが、ハルトレーベンの思い出を記しており、エルヴィン・シェーファーは、プラハのもっとも偉大な作曲家スメタナの生誕一〇〇年祭にちなんで出された国際的な声明について書いている。ベルリンで活躍した最初の女性ジャーナリストである閨秀作家のウッラ・フランク（ヴォルフ）の死も報じられている。だがカフカの名はどこにも見あたらない。

翌六月四日の『新自由新聞』紙上は、ドイツにおける「共産主義者の破壊活動」の話題でもちきりであるが、六月六日の朝刊においてようやく、クロスターノイブルク近郊のキールリングでの詩人の死について、わずか三、四語からなる目立たない記事が載る。——それは、航空史上、初めて空路で一匹の競走馬を輸送したという電信会社の報道よりも短い記事であった。(1)

そこで、まずはアントン・クーが出て来る。つまりあの毀誉褒貶はなはだしい「いつも同じ片眼鏡をつけ、痩せこけた」男が登場し、ウィーン中の新聞は、彼の追悼文を前に恥じ入らねばならなかったのである。その文は、カフカの死後七日目に『時間』誌に掲載された。

「彼は死んだ、しかし、喧し好きの連中の誰ひとりとして、彼を偲んで声を上げようとはしなかった……なぜだろうか。文学についての無教養のためか。あるいは、故人が、高貴なる少数派に数えられており、ジャーナリズムのお気に入りではなかったからか。それもあるだろう。だが、一番の原因は、以下の点にあろう。このフランツ・カフカにあっては、外的には極めて簡素なその作品の中で、言葉はあくまでひとつの風格を保ち、気取りや大げさな誉め言葉やおべんちゃらの材料が、どこにも見あたらないからだ。彼は、その肯定においても否定においても、まさに完全にジャーナリズムの世界の彼岸に生きていたから、つまり芸術という孤独な三次元の住民であったからなのだ。

いつかは、人々は彼の生を、……パスカルのそれと比較することであろう、また、詩作品へと結晶した彼の夢についての記述と、精神分析との間の関連性を発見することであろう。そしてそのような比較に、クライストという名を、窮極的栄誉として与えることだろう。

今日彼らは、このプラハ出身の人物が、我々の町から一キロ離れたところで最後の日々を過ごし、物故したことにより、ウィーンに与えた名誉に対して、それにふさわしい態度を表明することすら知らない。クロスターノイブルク近郊のキールリングは、彼によって文学史にその名を書き入れられたのだ。」(2)

死んだフランツ・カフカが、プラハ・シュトラシュニッツの新ユダヤ墓地の神秘的な遺体安置場で、ついに苦しみから解放され、最後に友人たちを待っているとき、プラハの人々の関心は、「とてつもない変化」を意味するある世界的出来事に注がれていた。婦人たちの間で流行りだした断髪がそれである。新しい時代が、始まっていた。一月二一日にレーニンが死に、ト

るので、それを耐えることが出来ず、そしてまた他の人々のように譲歩し、なんらかの知的、無意識的な、恐らくは極めて高貴でさえある誤りのなかに逃げ込んで、その身を救おうとはしないために死なねばならない人間の感じやすい驚きに満ちている。ドクター・フランツ・カフカは断片「火夫」(チェコ語の翻訳は、ノイマンの『セルベン』6月号に掲載)をこれまでまだ公刊されていない長編小説『判決』の第一章として書いたが、これは二つの世代間の葛藤である。『変身』は現代ドイツ文学のもっとも凄い作品であり、そして『流刑地にて』、いくつかの短編、『考察』そして『田舎医者』がある。最後の長編『裁きの前で』は、数年前から草稿として出来上がっていた。それは極めて内容の濃い世界という印象を与えるので、それを最後まで読んでしまうと、もういかなる言葉もそこに付け加えることは出来ないような本のひとつである。あらゆる作品において、彼は、いわれのない罪による、人間たちの間での不可思議な誤解の恐ろしさを描いた。彼の良心は恐ろしいほど細やかであったので、彼は他の人々には何も聞こえず、それゆえみずからを安全と感じるところでも、何かを感じ取ってしまう人間であり芸術家であったのである。

ミレーナ・イェーゼンスカ

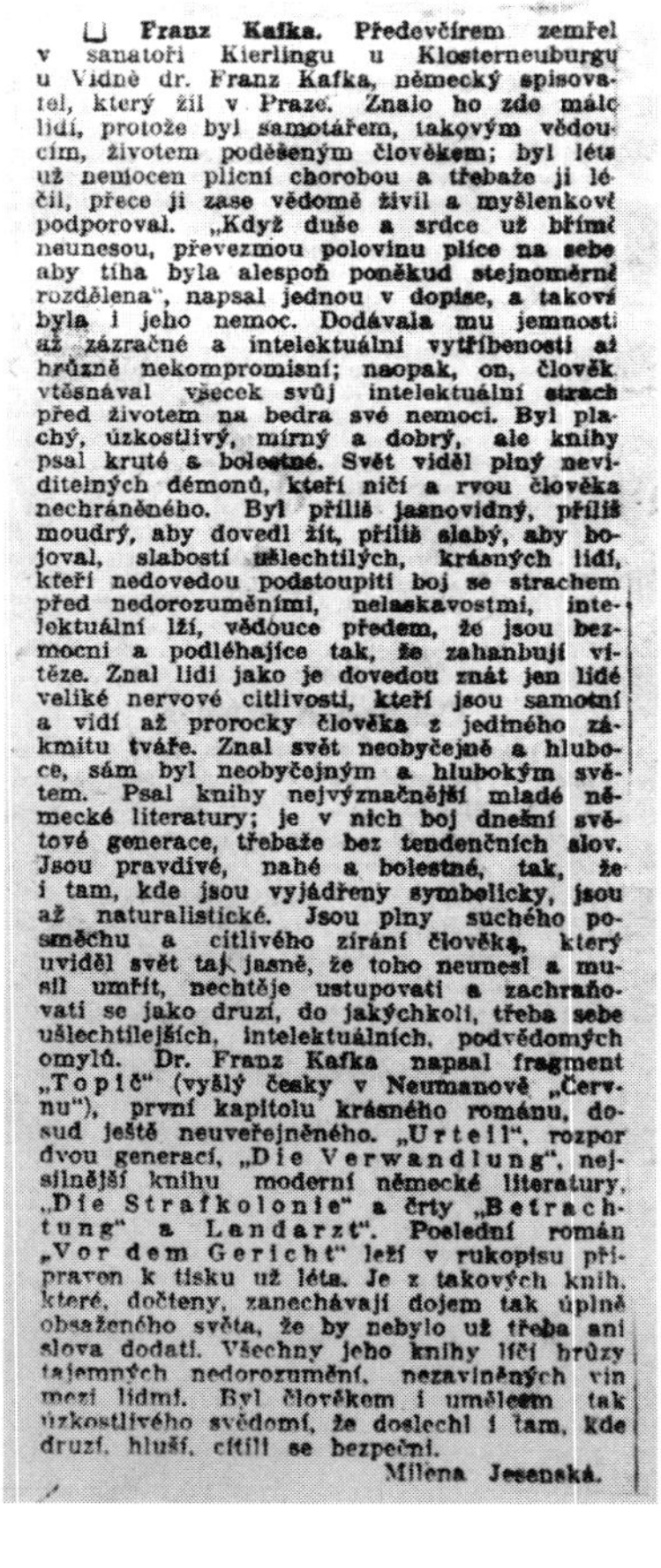
⊔ **Franz Kafka.** Předevčírem zemřel v sanatoři Kierlingu u Klosterneuburgu u Vídně dr. Franz Kafka, německý spisovatel, který žil v Praze. Znalo ho zde málo lidí, protože byl samotářem, takovým vědoucím, životem poděšeným člověkem; byl léta už nemocen plicní chorobou a třebaže ji léčil, přece ji zase vědomě živil a myšlenkově podporoval. „Když duše a srdce už břímě neunesou, převezmou polovinu plíce na sebe aby tíha byla alespoň poněkud stejnoměrně rozdělena", napsal jednou v dopise, a taková byla i jeho nemoc. Dodávala mu jemnosti až zázračné a intelektuální vytříbenosti až hrůzně nekompromisní; naopak, on, člověk vtěsnával všecek svůj intelektuální strach před životem na bedra své nemoci. Byl plachý, úzkostlivý, mírný a dobrý, ale knihy psal kruté a bolestné. Svět viděl plný neviditelných démonů, kteří ničí a rvou člověka nechráněného. Byl příliš jasnovidný, příliš moudrý, aby dovedl žít, příliš slabý, aby bojoval, slabostí ušlechtilých, krásných lidí, kteří nedovedou podstoupiti boj se strachem před nedorozuměními, nelaskavostmi, intelektuální lží, vědouce předem, že jsou bezmocni a podléhajíce tak, že zahanbují vítěze. Znal lidi jako je dovedou znát jen lidé veliké nervové citlivosti, kteří jsou samotní a vidí až prorocky člověka z jediného zákmitu tváře. Znal svět neobyčejně a hluboce, sám byl neobyčejným a hlubokým světem. Psal knihy nejvýznačnější mladé německé literatury; je v nich boj dnešní světové generace, třebaže bez tendenčních slov. Jsou pravdivé, nahé a bolestné, tak, že i tam, kde jsou vyjádřeny symbolicky, jsou až naturalistické. Jsou plny suchého posměchu a citlivého zírání člověka, který uviděl svět tak jasně, že toho neunesl a musil umřít, nechtěje ustupovati a zachraňovati se jako druzí, do jakýchkoli, třeba sebe ušlechtilejších, intelektuálních, podvědomých omylů. Dr. Franz Kafka napsal fragment „Topič" (vyšlý česky v Neumanově „Červnu"), první kapitolu krásného románu, dosud ještě neuveřejněného. „Urteil", rozpor dvou generací, „Die Verwandlung", nejsilnější knihu moderní německé literatury, „Die Strafkolonie" a črty „Betrachtung" a Landarzt". Poslední román „Vor dem Gericht" leží v rukopisu připraven k tisku už léta. Je z takových knih, které, dočteny, zanechávají dojem tak úplně obsaženého světa, že by nebylo už třeba ani slova dodati. Všechny jeho knihy líčí hrůzy tajemných nedorozumění, nezaviněných vin mezi lidmi. Byl člověkem i umělcem tak úzkostlivého svědomí, že doslechl i tam, kde druzí, hluší, cítili se bezpečni.

Milena Jesenská.

『ナロード・リスチ』紙上に載ったミレーナ・イェーゼンスカによる追悼文

プラハ、金曜日、1924年6月6日

一昨日、ウィーン近くのクロスターノイブルグ近郊キールリングのサナトリウムで、プラハ在住のドイツ語作家ドクター・フランツ・カフカが死んだ。彼はたいそう内気な、教養ある、だが人生により脅かされた人間だったので、当地においては彼を知る人は少ない。彼は肺病を病んでおり、長いこと治療を受けていたが、しかし彼は意識的にその病を養っていたのであり、思想的にそれを支援していたとも言える。

「もしも魂と心が重荷に耐えきれないならば、そのときは肺がその一部を引き受けて、少なくとも重荷が均等に振り分けられてほしいものだ」と彼はかつて手紙に書いていた。そして、彼の病気についてもその通りであった。つまり、それは彼に繊細な感受性、謎に満ちた、知的な、そして戦慄するほど妥協を許さぬ美学以上のものを与えたのである。生に対するまことに知的な恐怖を、彼は自分の病気に加えて背負い込んだのである。彼は内気で小心であり、穏やかで善良であった。しかし、残酷な苦しみに満ちた本を書いた。彼は世の中は目に見えぬデーモンでいっぱいと見ており、それらは無防備な人間を破壊しめちゃくちゃにするのだった。彼は生き得るためにはあまりに鋭敏に過ぎ、あまりに賢すぎ、闘うにはあまりに弱かった。彼にはあの高貴な本性の人々、素晴らしい人々がもつ弱さがあったのだ。つまり、その人たちは無能で打ち負かされるままでありながら、しかし自分たちが敵対者よりも優れているということを前もって知っているがゆえに、誤解、可愛げのなさ、そして知的な虚偽などに対する恐れのあまりに、闘いを引き受けることが出来ないのである。彼は、人間を、偉大で素晴らしい繊細な感受性をもつ者のみが知りうるように知っていた。それは孤独であり、顔に表れるほんの一瞬のひらめきから、ほとんど予言者のように人間全体を知ってしまうような感受性であった。彼は世界を並外れて、そして深く知っており、彼自身が並外れて、そして深かった。彼の本は、新しいドイツ文学のもっともめざましい例であった。それらにおいては、今日の全世界的な世代の闘いが偏向的な言葉を使わずして語られている。それらは真実に満ち、赤裸々であり、そして苦しみに満ちている。それゆえ、それらは比喩的に表現すれば、自然主義を越えて出てしまう。それらは乾いた嘲りに満ちており、世界をたいそう明確に見

ロッキーが追放され、二月三日のウィルソンの死とともに「新しい平和の建築家のひとり」が去っていき、イタリアでは「ファシストたちが黒い策謀」[3]を講じており、オーストリアでは人々は、ザイペルの健康状態のみならず、ベッタオアーなる人物が若者に向けて発する道徳的脅迫を憂慮していた。この男は、『彼と彼女』というパンフレットにおいて、「ユダヤ的不潔さ」という標語を広めることにより、道徳的怒りという隠れ蓑のもとにユダヤ人排斥運動を呼び起こそうとしていた。そしてウィーンの医学生たちは、数ヶ月前から、「献体の不足」を嘆いていた。

だがカフカとは一体誰なのか。友人たちと、ほんの少数の「出版者、編集者、作家、あるいはあまたの知識人たちの中で、本物を見つけることの出来る者」のみが、ひとりの天才的詩人が、自分たちのもとを去っていったことを知っていたのだ。その中には、クルト・ヴォルフ[*1]、フランツ・ブライ[*2]、パウル・ヴィーグラー[*3]、ルドヴィッヒ・ヴィンター、ヨハネス・ウルチディル、ヨーゼフ・ケルナー[*4]、ハンス・レギーナ・フォン・ナック、ルードヴィッヒ・ハルトがいた。彼らはまた、この詩人の存在は、「最終到達点ではなく、ひとつの新しい時代の始まり」であることも知っていた。[4]

一九二四年六月一一日、水曜日。午後四時、晩春の素晴らしい天気のもと、カフカは葬られた。葬儀場から開かれた墓まで、棺に付き添う葬列の先頭には、家族の者たちのすぐ後ろをカ

In tiefstem Schmerz geben wir bekannt, daß unser Sohn

JUDr. Franz Kafka

am 3. Juni im Sanatorium Kierling bei Wien, 41 Jahre alt, gestorben ist.
Das Begräbnis findet am Mittwoch, den 11. Juni um 3/4 4 Uhr auf dem jüdischen Friedhof in Straschnitz statt.
PRAG, am 10. Juni 1924.

Hermann und **Julie Kafka,**
Eltern,
3392 im Namen der trauernden Hinterbliebenen.

Von Kondolenzbesuchen bitten wir abzusehen.

両親が『プラハ日刊新聞』紙上に掲載したカフカの死亡広告。チェコ語のものは『ナロードニキ・リスチ』紙上に載る

カフカの墓

フカの最後の伴侶であったドーラ・ディアマントが、マックス・ブロートに支えられ歩いていく。棺が地中に埋められるとき、ドーラは「苦しみにみちた、突き刺すような叫び声」をあげるが、そのすすり泣く声は、救済への希望を告げるヘブライ語の死者のための祈りの声に紛れて聞こえなくなる。「祈りの形式として書くこと」が、カフカの文筆家についての定義であったが、彼の信仰は、「たとえ救済がやって来なくとも、それでもあらゆる瞬間に、救済に値する存在であろう」とすることであった(5)。

一九〇〇年八月にウィーンで生まれた著名な作曲家エルンスト・クシェネックが、カフカが死んで、ちょうど十三年半後に亡命先のアメリカで、この詩人の言葉による彼自身の衝撃を音楽にする。声楽とピアノのための五つの歌曲である。第四の歌のテキストはこうである。「おまえは、世界の苦しみを回避することが出来る、それは、おまえの自由に、おまえの気持ちに委ねられている。しかしたぶん、この回避こそがまさに、おまえが避けられたかも知れないただ一つの苦しみなのだ。」

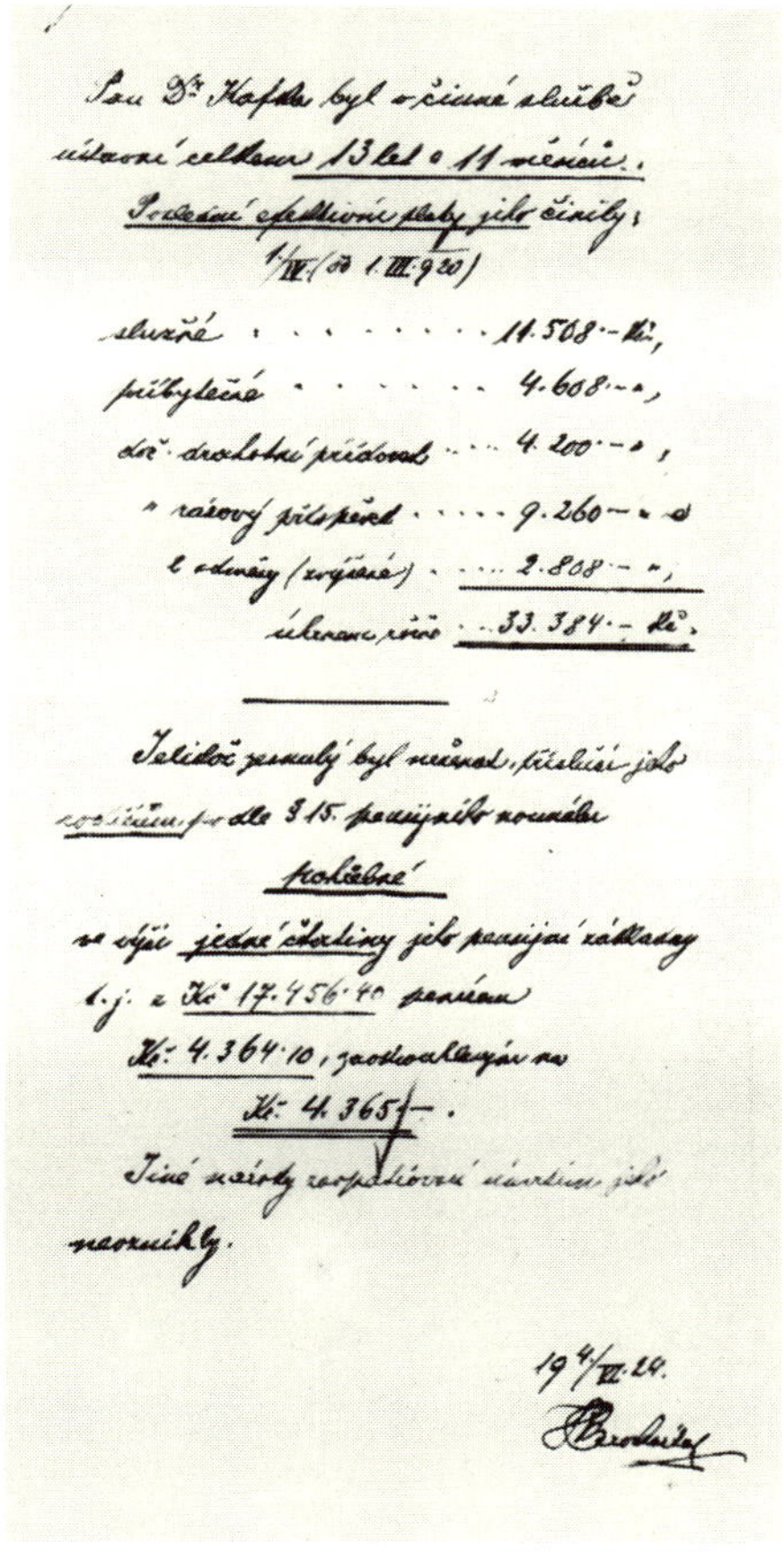

Pan Dr. Kafka byl v činné službě
ústavní celkem 13 let a 11 měsíců.
Poslední efektivní platy jeho činily:
1/IV. (od 1.III.920)
služné . . . . 11.508.- Kč,
příbytečné . . . . 4.608.- „
drah. drahotní přídavek . . . . 4.200.- „
„ rázový příspěvek . . . . 9.260.- „
2 odměny (zvýšené) . . . . . 2.808.- „
úhrnem ročně . . . 33.384.- Kč.

Jelikož zemřelý byl svobodný, přísluší jeho
rodičům podle § 15. pensijního normálu
pohřebné
ve výši jedné čtvrtiny jeho pensijní základny
t.j. z Kč 17.456.40 pensním
Kč 4.364.10, zaokrouhleně na
Kč 4.365.-.
Jiné nároky z pozůstalostní … nevznikly.

19 4/VI.24.

死亡手当の計算書。6月13日にカフカの義弟ヨーゼフ・ダヴィドが協会に死亡証明書を提示して、同日、両親宛てに死亡手当を払い込むことが許可された。

ドクター・フランツ・カフカ氏が協会で活動的に勤務していた期間は、13年11ヶ月であった。彼の最後の実質的な給与は、以下の通りとなった。
I./IV/II.920から
給与……11508Kc
住宅手当……4608Kc
物価上昇手当……4200Kc
2回の賃金
（値上げ分）……2808Kc
総額、年額……33384Kc
故人は結婚していなかったので、年金条項15条によって、彼の年金の基本額の4分の1が埋葬料として両親に支払われる。すなわち、K17456・40、年金K4364・10、切り上げてK4365とする。その他の要望は、死去により発生しないものとする。194./vl.24

原注

プロローグ

（1）カフカ：日記一九一〇―一三、マックス・ブロート編、フランクフルト・アム・マイン、一九八一、三八頁
（2）同上、一四四頁
（3）同上、一八四頁
（4）Furche（あぜ道）Nr. 40（一九六四年一〇月三日）
（5）アントン・クー：直線距離、ウィーン、一九八一、九頁
（6）Furche Nr. 40
（7）アントン・クー：前掲書、一五頁
（8）Furche Nr. 40
（9）アントン・クー：前掲書、一五頁
（10）レオ・ブロート博士の報告
（11）日記一九一〇―一三、二七七頁、二一〇頁
（12）同上、二九頁、三九頁
（13）同上、三一二頁
（14）同上、七四頁
（15）同上、五八頁、マックス・ブロート：フランツ・カフカ、フランクフルト／M、一九八〇、七〇

頁

(16) カフカ：日記一九一〇—一三、六九頁

(17) 週間臨床・治療（Klinische therapeutische Wochenschrift）、一九一二年、第一二号

(18) カフカ：日記一九一〇—一三、一六六頁

(19) 同上、三一一頁

(20) カフカ：フェリーチェへの手紙、エーリッヒ・ヘラー、ユルゲン・ボルン編、フランクフルト／M、一九六七、六九〇頁

(21) アンドレアッティ：結核の容易な快癒法、その主たる困難点、肺結核療養所、ウィーン、一九一二五

一九一七年——結核の発病

(1) カフカ：オトラと家族への手紙、ハルムート・ビンダー、クラウス・ヴァーゲンバッハ編、フランクフルト／M、一九八一、三九頁

(2) カフカ：ミレーナへの手紙、八頁

(3) 同上、一二三頁

(4) マックス・ブロート：上掲書、一四四頁、オトラと家族への手紙、三九頁

(5) カフカ：手紙一九〇二—二四、マックス・ブロート編、フランクフルト／M、一九八二、一四四頁、オトラと家族への手紙、三九頁

(6) カフカ：日記一九一〇—一三、一九五頁

(7) 同上、三三一頁

(8) 同上、三三一頁
(9) 同上、三一九頁
(10) 同上、三三三頁
(11) カフカ：オトラと家族への手紙、四五頁
(12) カフカ：手紙一九〇二―二四、一六一頁、一六五頁、一九一頁
(13) カフカ：日記一九一〇―二三、三三三頁、手紙一九〇二―二四、一八一頁、一八七頁
(14) カフカ：手紙一九〇二―二四、二〇二頁
(15) 同上、一九八頁
(16) ミレーナへの手紙、三七頁、手紙一九〇二―二四、二四二頁
(17) 手紙一九〇二―二四、二五三頁
(18) ハルムート・ビンダー：フランツ・カフカ。その生涯と人、シュトットガルト、一九七九、四四八頁
(19) カフカ：日記一九一〇―二三、三三六頁、ハルムート・ビンダー：前掲書、四五〇頁
(20) マックス・ブロート：前掲書、三七〇頁
(21) カフカ：手紙一九〇二―二四、四二九頁
(22) 同上、二六一頁、二六五頁
(23) 同上、二六三頁
(24) 同上、二六二頁
(25) 同上、二六九頁、オトラと家族への手紙、七八頁
(26) ミレーナへの手紙、七頁、オトラと家族への手紙、七八頁

(27) オトラと家族への手紙、九三頁
(28) 日記一九一〇―一二三、二八六頁、二八七頁
(29) 手紙一九〇二―一二四、二五二頁
(30) 奇物展示室、二九二頁、二九三頁
(31) 手紙一九〇二―一二四、四五七頁
(32) マルガレーテ・ブーバー・ノイマン：カフカの女友達ミレーナ、ミュンヘン、一九六二、九九頁
(33) 同上、一一六頁
(34) クリス・ベッツェル：カフカ年代記、ミュンヘン、一九八三、一五七頁
(35) ミレーナへの手紙、一五二頁、一五三頁
(36) 同上、一二一頁、一八二頁
(37) 同上、一九八頁
(38) 日記一九一〇―一二四、一九八頁
(39) ミレーナへの手紙、一七九頁
(40) 同上、一七九頁
(41) ミレーナへの手紙、一九一頁、スラヴカ・ヴォンドラコヴァの報告
(42) マルガレーテ・ブーバー・ノイマン：前掲書、九九頁
(43) 同上、一〇九頁
(44) 同上、一一二頁、一一三頁
(45) 手紙一九〇二―一二四、三一七頁
(46) 日記一九一〇―一二三、三四六頁

高地タトラにて

(1) オトラと家族への手紙、九五―九八頁
(2) 同上、九八頁
(3) 同上、九八頁
(4) 同上、九八頁
(5) 手紙一九一〇―二四、二九八頁
(6) 同上、二八八頁
(7) 同上、二九三―四頁
(8) 同上、三〇四頁
(9) 同上、三〇六頁
(10) 日記一九一〇―二三、一三三頁
(11) 同上、八二頁
(12) 同上、二六八頁
(13) 手紙一九一〇―二三、三〇五頁
(14) 同上、三一九頁
(15) リリー・ハトヴァニーの報告
(16) 手紙一九〇二―二四、三一九頁
(17) リリー・ハトヴァニーの報告
(18) 手紙一九一〇―二三、三〇二頁、オトラと家族への手紙、一一五頁

(19)手紙一九一〇—二三、三一九頁
(20)リリー・クラーザー・パルネーの報告
(21)手紙一九一〇—二三、三三三頁
(22)同上、三一一頁、三一三頁
(23)同上、二八六頁
(24)レンケ・コロマツアイ、レンカ・インドラの報告、カルパチア・ポスト一月・二月一九八二
(25)オトラと家族への手紙、一二〇頁
(26)手紙一九一〇—二三、三三二頁
(27)同上、三〇四頁
(28)同上、二八五頁
(29)医者の診断書（写真）
(30)手紙一九〇二—二四、三一五頁、オトラと家族への手紙、一三〇頁
(31)手紙一九〇二—二四、三三〇頁
(32)同上、三三二頁
(33)同上、三一七頁
(34)同上、三三九頁

「死を考えることの永遠の苦しみ」
(1)日記一九一〇—二三、三三九頁、三四一頁、三四二頁
(2)手紙一九〇二—二四、三五七頁

(3)日記一九一〇―一二三、二六二頁、手紙一九〇二―一二四、一九五頁
(4)クリス・ベッツェル：前掲書、一七一頁
(5)日記一九一〇―一二三、三四一頁
(6)手紙一九〇二―一二四、三四三頁
(7)同上、三六二頁
(8)同上、三五七頁、三五九頁、三六四頁
(9)日記一九一〇―一二三、三四一頁
(10)同上、三三九頁、三五一頁
(10a)同上、三四五頁
(11)同上、三四五頁、三四七頁
(12)同上、三五三―三五五頁、手紙一九〇二―一二四、三七〇頁
(13)日記一九一〇―一二三、三五九頁
(14)手紙一九〇二―一二四、三七四頁
(15)同上、三七三頁
(16)Ｅ・ｖ・チェルマク・ザイゼネック教授についての個人的な回想、クロップシュトックについてのプラハ・ドイツ系大学の人物評価
(17)手紙一九〇二―一二四、三八二頁
(18)同上、三八五頁
(19)同上、三八六頁
(20)同上、四一三頁

(21) 同上、四一七頁
(22) ミレーナへの手紙、一七九頁
(23) 手紙一九〇二―二四、四二三―四二五頁
(24) 同上、四三六頁
(25) 同上、四三六頁
(26) ヨーゼフ・パウル・ホーディン：カフカとゲーテ、ロンドン、ハンブルク、一九六九、一二二頁、一二三頁
(27) 手紙一九〇二―二四、四三五頁、四三八頁、四三九頁
(28) 日記一九一〇―二四、三五一頁
(29) 手紙一九〇二―二四、四四七頁
(30) 同上、四五六頁、四六五頁
(31) J・P・ホーディン：前掲書、一八八頁
(32) 手紙一九〇二―二四、四七〇頁
(33) ホーディン：前掲書、二五頁
(34) 手紙一九〇二―二四、四七二頁、四七三頁
(35) 同上、四七〇頁
(36) 同上、四七六頁
(37) 同上、五二一頁、フランツ・カフカ：全作品集、パウル・ラーベ編、フランクフルト／M、一九八二、
(38) 手紙一九〇二―二四、四七八頁、日記一九一〇―二三、三六五頁

「目立たぬ生、明白な不首尾」

(1)日記一九一〇―一一三、三五八頁
(2)レオ・ブロート博士の報告
(3)クリス・ベッツェル：前掲書、一八〇頁、一九二頁、アンナ・ランガーの報告
(4)サナトリウム《ヴィーナーヴァルト》のパンフレット
(5)手紙一九〇二―一四、四七九頁
(6)サナトリウム《ヴィーナヴァルト》のパンフレット、ロッテ・イングハム(旧姓ミュラー)、マドレーネ・ライナー、ハンス・クラウス及びアルフレット・ヒルシュの報告
(7)手紙一九〇二―一四、四八〇頁
(8)ロッテ・イングハムの報告
(9)手紙一九〇二―一四、四八〇―八一頁

この世でもっとも素晴らしい喉頭病院で

(1)エルナ・レスキー：耳鼻咽喉の疾病のためのウィーンの新しい病院、ウィーンの医学への里程標、ウィーン、一九八一
(2)マックス・ブロート：前掲書、一七八頁
(3)耳と気道についての教科書
(4)日記一九一〇―一一三、四八―四九頁、一三九頁、カフカの病歴簿(写真)
(5)ウィーン総合病院の受付記録、カフカの病歴簿(写真)

（6）同上、及びシュランメルの病歴簿、レオポルディーネ・シュランメルの報告
（7）手紙一九〇二―二四、四八一頁、カフカの病歴簿
（8）ホーディン：前掲書、三三頁
（9）カフカの病歴簿、シュランメルの病歴簿
（10）カフカ：全作品集、三一九頁
（11）日記一九一〇―二三、二七九頁
（12）同上　一二七頁、マックス・ブロート：闘いの人生、ミュンヘン、一九八〇、一三頁、一六頁
（13）マックス・ブロート：フランツ・カフカ、一七八頁
（14）アルトゥール・シュニッツラー：ウィーンの青春、フランクフルト／M、一九八一、二〇六頁、三〇七頁
（15）オットー・ノヴォトニー教授の報告
（16）手紙一九〇二―二四、四八七頁、ホーディン：前掲書、三三頁、M・ブロート：フランツ・カフカ、一七八頁
（17）レオポルディーネ・シュランメル、ヨーゼフ・シュランメルの報告
（18）カフカ：全作品集、九六頁、一九六頁、二八四頁、二八六頁
（19）M・ブロート：フランツ・カフカ、一七九頁

終着駅――キールリング

（1）ヘラ・シャッツの報告、ニーダー・オーストリア州官公庁年鑑一九一三、ホーエ・ヴァルテ新聞
（2）プラハ労働者災害保険局からの通知

(3)手紙一九〇二―二四、四八一頁、四八二頁
(4)ヘラ・シャッツ、バルバラ・カルナー、及びヘンリエッテ・タルマイアー(旧姓ヴァルトシュッテテン・ティッペラー)の報告
(5)レオポルト・グシルマイスターの報告
(6)シュテファニー・カベラクの報告
(7)手紙一九〇二―二四、四八二頁
(8)バルバラ・カルナ、ヘンリエッテ・タルマイアー(旧姓ヴァルトシュテッテン・ティッペラー)の報告
(9)医療評議員フリッツ・ミュラー博士の報告
(10)ギーゼラ・ヘニングの報告、週刊・ウィーンの医療二五号、ベルトルト・ヴァインリッヒ医師(ウィーン総合病院)の報告
(11)手紙一九〇二―二四、四八一頁、耳と気道についての教科書、フリッツ・ミュラー博士報告
(12)フリッツ・ミュラー博士の報告
(13)オトラと家族への手紙、一五五頁
(14)手紙一九〇二―二四、四八六頁、四八七頁
(15)M・ブロート:フランツ・カフカ、一七九頁
(16)同上、一七九頁
(17)手紙一九〇二―二四、四八九頁
(18)M・ブロート:フランツ・カフカ、一七九頁
(19)ヘンリエッテ・タルマイアー(旧姓ヴァルトシュテッテン・ティッペラー)の報告

(20) 日記一九一〇―二三、一四四頁
(21) 同上、三五七―八頁
(22) 同上、二五六頁
(23) アンナ・ランガーの報告
(24) 手紙一九〇二―二四、四八四頁、四八八頁
(25) レオポルト・グシルマイスターの報告
(26) 手紙一九〇二―二四、四八七頁、五二〇頁、五二一頁
(27) 同上、四九一頁
(28) オトラと家族への手紙、一五五頁、一五六頁
(29) 手紙一九〇二―二四、三三五頁
(30) 同上、四八五頁
(31) 同上、四九一頁
(32) 同上、四八四頁、四八五頁、四八八頁、四八九頁、四九一頁
(33) 日記一九一〇―二三、二七九頁
(34) M・ブロート：フランツ・カフカ、一八九頁
(35) ホーエ・ヴァルテ新聞
(36) 死亡登録簿、クロスターノイブルク公文書保管所

カフカとは誰か

(1) ウィーン新聞一九二四年六月三日、新自由新聞一九二四年六月六日

（2）アントン・クー：前掲書、四七一頁
（3）ヨハネス・ウルチディル：カフカが行く、ミュンヘン、一九六六、九八頁
（4）同上、一〇〇頁
（5）同上、一〇三頁

訳注

プロローグ

＊1 アントン・クー（一八九〇―一九四一）オーストリアのジャーナリスト。多くの雑誌の発行に携わった。「劇場」（Die Schaubühne）、「世界劇場」（Die Weltbühne）など。風刺の聞いた寸評、批評、評論により、ウィーンのジャーナリズムのもっとも輝かしい代表者の一人。その批評の言葉から、ファシズム・イデオロギーに対する最も早い時期からの反対者であることが分かる。一九三八年プラハへ、一九三九年アメリカに亡命。

＊2 ヨハネス・ウルチディル（一八九六―一九七〇）プラハ生まれ、オーストリアの文筆家。一九三九年以降、イギリス、アメリカに亡命。

＊3 フランツ・ヴェルフェル（一八九〇―一九四五）プラハ生まれ、オーストリアの作家。表現主義の詩人。

＊4 エルンスト・ヴァイス（一八八四―一九四〇）オーストリアの文筆家、船医。一九三六年、パリに亡命、自殺した。表現主義的な戯曲、物語がある。

＊5 フランツ・デフレッガー（一八五七―一九二八）オーストリアの画家。

＊6 ヘルマン・ズーダーマン（一八五七―一九二八）ドイツの作家、文筆家。第一次大戦前に人気を博した戯曲作家。『憂愁夫人』（Frau Sorge）

一九一七年――結核の発病

＊1　フランツ・グリルパルツァー（一七九一―一八七二）オーストリアの詩人、戯曲作家。

＊2　カール・ヘルマン（一八八三―一九三九）ポーダザムに近いチューラウ生まれの商人。一九一一年、カフカの一番上の妹ガブリエーレ（一八八九―一九四一）、通称エリと結婚した。カフカにはエリを含めて、ヴァレーリエ（一八九〇―一九四二、通称ヴァリ、ヨゼフ・ポラックと結婚）およびオッティリエ（一八九二―一九四三、通称オトラ、チェコ人でありキリスト教徒である法学博士ヨーゼフ・ダヴィットと結婚）の三人の妹がいた。

＊3　フェリックス・ヴェルチュ（一八八四―一九六四）哲学者。カフカの親しい友人。

＊4　ヤーコプ・モレーノ・レヴィ（一八九二―）ブカレスト生まれ。アメリカの精神科医。心理療法としてのソシオ・メトリー（社会関係の測定）と集団心理療法を確立した。

高地タトラにて

＊1　エーデルシュタイン　ブダペスト出身のラビ。彼のもとには、多くの学生が援助を求めてやってきた。クロップシュトックがプラハで勉学を続けられるよう尽力した。

＊2　イリ・ランガー（イリ・モルデカイ・ランガー）チェコの戯曲作家フランティセク・ランガーの兄弟で、スケート選手。カフカはブロートを通じてこの兄弟と知り合う。

＊3　ミスラヒ　ヘブライ語で「東」の意味。ユダヤ人は、東を向いて、あるいは東向きの壁に向かって祈る。

＊4　ルーカ・シニョレリ（一四四五／五〇―一五二三）イタリアの画家。多くの教会にフレスコ画、宗教画、神話画をを残している。

＊5　アルベルト・エーデンシュタイン（一八八六―一九五〇）オーストリアの作家。表現主義的な

抒情詩、多くの幻想的で奇抜な物語を書いた。エッセイスト。

*1 ルードヴィッヒ・ハルト（一八八六―一九四七）当時のもっともすぐれた朗読者の一人。トーマス・マンは、ハルトを「言葉の術の完璧な達人」と呼び、彼の朗読を聞くことは、「めったに味わえぬ偉大な経験である」と言っている。カフカの作品が批評家、また他の作家仲間の間に広まったことに少なからず貢献している。ハルトは晩年（一九四七年）、カフカの思い出を書いている。

「死を考えることの永遠の苦しみ」

*2 リーゼン山脈（Riesengebirge）プラハから北東一五〇キロメートルほどのところに位置するチェコとポーランドの国境地帯ズデーデン地域の山脈。

*3 シュピンデルミューレ（Spindelmühle）リーゼン山地にあるチェコの町。

*4 マトラール（Matlar）古い放牧地のこと。この地を開いて保養地マトリアリが創設された。

*5 プラナ（Planá）チェコの都市ピルゼンから西北に四〇キロメートルくらい離れたところにある町。

*6 オスカー・バウム（一八八三―一九四一）カフカの親しい友人、子供頃の喧嘩により失明した盲目の文筆家。

*7 オットー・ピック　詩人、小説家。フランティセク・ランガーやカレル・チャペックなどのチェコの作家の（ドイツ語への）翻訳家。プラハ新聞の編集者だった。

*8 カール・ブッセ（一八七二―一九一八）ドイツの詩人、小説家、医者。日本では上田敏が訳した詩「山のあなたの空遠く」が有名。

＊9　ジークフリート・レーヴィ　カフカの母方の叔父。独身の医者。

「目立たぬ生　明白な不首尾」

＊1　ミハル・マレス（一八九三―一九七一）ジャーナリスト、文筆家。チェコ語とドイツ語が同じくらい堪能であり、プラハで両言語にかかわる新聞、雑誌の仕事をした。

＊2　フランティセク・ランガー（一八八八―一九六五）チェコの作家。小市民の世界を描き、また罪や購いの問題についても書いた。

＊3　ヤロスラフ・ハセク（一八八三―一九二三）チェコの作家。長編小説『世界戦争時の勇敢な兵士シュヴェイクの冒険』で有名になる。

終着駅――キールリング

＊1　ヴァハウ（Wachau）オーストリアのドーナウ河沿岸の町メルクとクレムスの間の峡谷。三〇キロメートルほど続き、果実、特に葡萄の栽培が盛んに行われている。

＊2　『フリーゲンデ・ブレッター』（Fliegende Blätter）ミュンヘンの出版社ブラウン&シュナイダーより一八四四年から一九四四年まで出版された挿絵入りユーモア雑誌。この時代のドイツ市民層の典型的な行動様式を諷刺的に描いている。

フランツ・カフカとは誰か

＊1　クルト・ヴォルフ　ドイツの出版者

＊2　フランツ・ブライ（一八七一―一九四二）オーストリアの文筆家、批評家、編集者、翻訳家。

＊3　パウル・ヴィーグラー（一八七八―一九四九）ドイツの文筆家、文学史家、編集者。

＊4　ヨーゼフ・ケルナー（一八八八―一九三〇）チェコの文学史家。プラハのドイツ系大学の教授。

年表

一八八三年	七月三日、商人ヘルマン・カフカ（一八五二―一九三一）、及びその妻ユーリエ（一八五六―一九三四）の長子として、フランツ・カフカ生まれる。
一八九三年	旧市街のドイツ系ギムナジウムに入学。
一九〇一年	アビトゥーア（卒業試験）を経て、プラハドイツ系大学での勉学が始まる。
一九〇二年	生涯の友となり、後援者となるマックス・ブロートと知り合う。
一九〇三年	自然療法のサナトリウムを始めて訪ねる。恐らく敬愛していた叔父ジークフリート・レーヴィ（田舎医者、熱狂的な外気療法の支持者）の影響。
一九〇五年	夏、ツックマンテルのサナトリウム《シュヴァインブルク》に滞在する。ここでカフカは初めて、ひとりの女性と親しくなる。
一九〇六年	法学の博士号を授与される。一〇月、法学の実習に入る（まず地方裁判所、次いで刑事裁判所）。
一九〇七年	一〇月に民間の保険会社アッキュラチオーニ・ゲネラーリに、臨時職員として入る。
一九〇八年	七月末、半官の労働者災害保険局に入社する。全体の題名を「考察」として、『ヒュペリオン』誌上に初めての作品掲載。

一九〇九年	九月、マックス・ブロート、及びその弟オットーと始めて旅行をし、ガルダー湖畔のリーヴァで休暇を過ごす。さらに航空ショーを見物するためにプレッシアまで足を延ばす。この体験について「ブレッシアの飛行機」という題の文を書く。マックス・ブロートは、このテキストを「ブレッシアの航空週間」と呼ぶ。三人の共同旅行は、さらに何回か続いたが、その様子は日記の文章の中に残される。
一九一〇年	カフカ、日記の記述を始める（四つ折り半ノート）。
一九一一年	一月、二月、カフカは社用で数週間、北ボヘミアのフリートラントに滞在する。ここの城は、長編小説『城』モデルとなる。また義弟カール・ヘルマンの「プラハ第一アスベスト工場」の出資社員となる。
一九一二年	ハルツ地方、ユングボルンの自然治療サナトリウム《ドクター・ユスト》に滞在。八月一三日、フェリーチェ・バウアーと知り合う。九月二二日から二三日にかけての夜、一気に『判決』を書く。最初の本『考察』（一八編の短い散文集）が一一月にローヴォルト社から出る。
一九一三年	リーヴァのサナトリウム《ドクター・クリストフ・フォン・ハルトゥンゲン》で保養。クルト・ヴォルフ出版から『火夫』（「世界の終わりの日」シリーズ第三巻）が出る。

一九一四年	春、フェリーチェ・バウアーと婚約。夏、婚約解消。一〇月二七日、フェリーチェと改めて接触しようとする。『審判』『流刑地にて』に取り掛かる。
一九一五年	婚約解消以来、初めてフェリーチェと会う。北ボヘミア、ルムボルク近郊のサナトリウム《フランケンシュタイン》に保養のため滞在。『変身』が、「世界の終わり」シリーズの第二二、二三巻として出版される。
一九一六年	七月三日から一三日までの休暇を、フェリーチェとともにマリエンバードで過ごす。ミュンヘンでの朗読会。一一月二六日から、妹オトラが借りているアルテミステン小路の家で、作品集『田舎医者』に収める作品の執筆に取り掛かる。『判決』は、「世界の終わり」シリーズの第三四巻として出る。
一九一七年	七月、フェリーチェとの二回目の婚約。ブダペスト、ウィーンへの旅行。一二日から一三日にかけての夜、結核の発病（喀血）。チューラウで休養のための休暇。プラハにおいてフェリーチェと最終的な別れ。
一九一八年	チューラウでの休暇を四月末まで延長。一一月三〇日から、シェーレーゼンで再び保養休暇。
一九一九年	シェーレーゼンでユーリエ・ヴォールチェクと知り合い、結婚を計画するが、秋には中止。この年の終わり、シェーレーゼンでのかなり長い滞在中に『父への手紙』が成立。ミンツェ・アイスナーと知り合う。クルト・ヴォルフ社から

一九二〇年	『流刑地にて』と『田舎医者』が出る。 四月二三日、雑誌『クメン』に、カフカのテキストの初めての翻訳として、ミレーナ・イェーゼンスカ訳の『火夫』がチェコ語で掲載される。四月初めから七月の終わりまで、メラーンでの保養休暇。ミレーナとの文通の始まり。カフカは、その後ウィーンで、また三月半ばにはグミュントでミレーナに会う。
一九二一年	一二月一八日、高地タトラの結核サナトリウム《マトリアリ》で療養を始める。医学生ローベルト・クロップシュトックと知り合い、親しくなる。
一九二二年	八月二六日プラハに帰る。一一月、再び病気の状態。カフカは遺言状により、遺稿をすべて燃やすように指示する。 リーゼン山地のシュピンデルミューレでの休暇。一月末、『城』の仕事が始まる。七月一日をもって、年金生活に入る。六月末から九月一八日まで、ルシュニッツ河畔プラナに滞在。
一九二三年	七月初めから八月六日まで、バルト海沿岸のミュリッツに滞在。ドーラ・ディアマントと知り合う。九月二四日、ベルリンのドーラのもとへ移る。ついに独立しようとする最初の試み。
一九二四年	三月一七日プラハへの帰還。最後の短編『歌姫ヨゼフィーネ』を書く。 四月五日から一〇日まで、ニーダー・オーストリア州ペルニッツ近郊のオルト

マンにある結核サナトリウム《ヴィーナーヴァルト》に滞在。

四月一〇日から一九日まで、ウィーンのハイエック病院に滞在。

四月一九日から六月三日まで、ニーダーオーストリア州クロスターノイブルク近郊、キールリングにあるサナトリウム《ドクター・ホフマン》に滞在。

六月三日、カフカ心臓麻痺でキールリングにて死す。

六月五日、プラハへの移送。

六月七日、プラハ、シュトラシュニッツのユダヤ人墓地に埋葬。

カフカの死後まもなく、ディー・シュミーデ出版から『断食芸人』が出る。

中部ヨーロッパ地図（現在）

《カフカ移動の軌跡　1917-1924》

1917年　9月12日～1918年5月　　　チューラウ
1918年11月30日～1919年3月末　　　リボホ郊外シェーレーゼン
1920年　4月　1日～1920年6月29日　　　メラーン郊外ウンターマイス（北イタリア）
　　　12月18日～1921年8月26日　　　高地タトラ、マトリアリ（タトランスケ・ロムニカ経由）
1922年1月末～2月末　　　リーゼン山脈、シュピンデルミューレ
　　　6月28日～9月19日　　　ルシュニッツ河畔、プラナ
1923年5月初め　　　ドォブリチョヴィチ
　　　7月初め～8月9日　　　ミュリッツ（バルト海海水浴場）
　　　9月24日～1924年3月17日　　　ベルリン
1924年4月5日　　　ニーダー・オーストリア州フォイヒテンバッハのサナトリウム《ヴィーナーヴァルト》
　　　4月10日　　　ウィーン第9区ラザレット街　ハイェック咽喉専門診療所
　　　4月29日～6月3日　　　ウィーン郊外　クロスターノイブルク近郊　キールリング《ホフマン・サナトリウム》

訳者あとがき——病と書くこと

本書(原題『カフカ最期の日々一九一七—一九二四』Kafkas letzte Jahre 1917–1924)には訳出しなかった「謝辞」において、著者ロートラウト・ハッカーミュラー氏はある人に勧められ「オーストリアにおけるカフカ」を跡づける構想を得たが、その成果が本書であると述べている。

カフカがオーストリアに滞在したのは、年表にも明らかのように、その最晩年の一九二四年四月五日から、死に至る六月三日までのほぼ三ヶ月間であり、それはもっぱら、深刻な様相を呈するに至った結核の治療のための滞在であった。つまり「オーストリアのカフカ」とは、カフカの病歴の詳しい記録であり、ついにはどん詰まりにいたった彼の病との闘いの詳細な報告に他ならないことになる。

もちろん、ハッカーミュラー氏は、病がその顕在的なしるしを見せたとき、つまり最初の喀血のあった年、一九一七年から書き起こしているので、「プラハのカフカ」も「ベルリンのカフカ」についても、本書では触れられている。それに伴い、フェリーチェとの婚約及びその解消、ユーリエ・ヴォールチェクやミレーナとの出会い、あるいは父との関係や勤務先のこと、その軋轢などがここでは述べられている。だが本書においてはこれらのことはすべて、カフカの身体の内部において徐々に進行する病の経過とともに伝えられる。そしてすべては、この時期においては、もう加速度な、としか言いようのない病状の進行の記録に他ならない「オーストリアにおけるカフカ」へと収斂してゆくのである。

このような本書の構成は、ある意味で詩人カフカの存在の本質をついているものと思われる。なぜなら、カフカにとって〈書くこと〉は、それ以外の存在のあらゆる関連性、あらゆる活動を侵食する形でのみ成立する何ものかであったからである。本書にも引用されているように、〈書くこと〉への彼の集中、熱情は、「性の喜びや、飲食の楽しみ、哲学的な思考や音楽の享受に振り向けらるべき能力というものを、すべて空っぽにしてしまう。」つまり生命体としての彼の存在は、書くという彼の精神の活動によって、全面的に侵食されている。あるいはそうしてのみ、〈書くこと〉が可能なのである。なぜならば、彼の「力は全体としてわずかであったので、それらを集中してのみ、書くことにようやく半分役立ちうる」からである。

それにも拘わらずカフカは、「だが私は、すべてに抗して、絶対に書く、それはわたしの自己保存のための闘いなのだ」と語っている。「自己保存」という語は、カフカにとっては生命体としての自己の保存ではなく、まず第一に〈書くこと〉の確保という意味なのである。彼自身の存在と〈書くこと〉は、いわば逆転した関係にあるといってもよい。しかも彼は、「その目的（＝書くこと）を自力で意識的に見つけたのではなく、それが自身を見出したのだ」と述べている。つまり書くことは、カフカにとっては圧倒的な力をもって自分を襲ったほとんど不可避の運命のようなものであったのだ。そうである限り、生命体としての自己は、カフカにおいては本来的な自己保存を意味する〈書くこと〉を全うするためには、みずからを譲り、犠牲にせねばならないことになる。「肺の病は、精神の病があふれ出てきた結果のものなのです」というミレーナへの手紙に見られる彼の言葉は、このような状況を意味していると思われる。実際カフカが、自分の欲するとおりに書くことに没頭するには、ハッカーミュラー氏も言ってるように、「幾多の障害が立ちはだかっていた」のである。それは、カフカ自身の言葉によれば、「職務によって根底から妨げられる」し、生きることは描くことそのものであった画家ゴッホにとっての弟テオのような理解者、支援者を家族の中にもたなかったカフカは、自分の家族とも、〈書くこと〉を守るためには闘わねばならなかった。

このような状況下で、彼のような集中と情熱をもって書くこと、つまり「あのように身体と魂を完全に開いて書くこと」は、存在全体にとってのなにがしかの歪みを生じさせざるを得ず、その負担をカフカの場合、身体が引き受けたのである。したがって病と〈書く〉ということは、カフカにとってほとんど両輪の輪のようなものであった。つまりそれらは、乱暴な言い方をすると、ともに補い合い、助け合ってカフカの生を構成していた二つの要素であったと言える。このような意味で、本書が提示するものは、既述のように、カフカの本質のある局面を鮮やかにわれわれに見せてくれるものであると思われる。

以上のような観点から、まずハッカーミュラー氏のこの著作について概観してみたい。

本書について

さてこのようにして、プロローグ以下八章から成る本書は、最後の四章をカフカ最期の年、一九二四年の最後の三ヶ月、つまり「オーストリアにおけるカフカ」を描き出すのに向けている。そこにおいては、病状が日毎悪化してゆき、死に至るカフカの最後の三ヶ月の詳細な記録、そしてその病と闘うカフカの周りに展開されるいくつかのエピソードが描かれている。それは、手に入れられる限りの豊富な資料を駆使して、即物的に、しかし心を込めて描き出されている点で、本書の中でも圧巻であり、またカフカについての数多くの著述の中でも、類のない独自の局面を取り上げているという点でユニークなものであると思われる。

カフカは、初めサナトリウム《ヴィーナーヴァルト》に赴くが、そこで喉頭結核を疑われる。そしてウィーン市内のハイエック喉頭専門病院に回され、ここで喉頭結核が確認されるが、その症状はすでにかなりすすんでいた。トーマス・マンの『魔の山』においても、主人公ハンスの従兄ヨアヒムが、物語の進行する過程において、喉頭結核の徴候を見せ始めることが思い出されるが、カフカの場合は、ハッカーミュラー氏によれば、「病んでいる肺からの細菌を含んだ痰が喉頭に触れることにより接触感染が生じ、それはしばしば、組織の破壊がとっくに始まっている段階で、ようやく見つけられる」という「ほとんどのケースと同じ」経過をたどっていた。呑み込み障害、絶え間ない喉の渇きのゆえにカフカは、「しょっ中ビールを要求した」と記されているが、ヨアヒムについても、同じく絶えざる咳き込みや渇きを抑えるため、始終レモネードを飲んでいた、と語り手は告げている。「国民の半数が病んだ胸を抱えていた」当時にあって、その半数の人たちのかなり多くがたどる経過を、カフカの病もまたたどった、ということであろうか。

ハッカーミュラー氏は、カフカ最後の逗留地となったホフマン・サナトリウムのホフマン医師も、ここにときおり代診に来ていたミュラー医師にも、患者フランツ・カフカのことは、ほとんど記憶になかったことを強調している。つまりその病気の経過においても、患者としての態度においても、彼はまったく「普通」であり、目立つところはまったくなかったと。そしてたとえばカフカとは違い、目立つ存在だった郷土詩人、ローラント・ヘニングのことを述べることにより、著者はカフカが「目立たぬ患者」であったことを、ますます強調しているように思える。ホフマン・サナトリウムでは、ローラントは「詩人」として通っており、患者仲間や従業員に対するいささか突飛で偏屈な言動により、目立つ存在であり、カフカとは違い、医者たちの記憶にも残っていたのである。

このことは、作家としてのカフカが言葉の真の意味で「謙虚で自然」であったこと、彼は、「世界文学の中でつつましさの唯一のケース」であった、というアレクサンドル・ヴィアラットの言葉を思い出させずにはおかない。あるいは、彼が書くということに由来する、またはその基盤である「彼の禁欲」は、あらゆるヒロイズムと無縁のものであったというミレーナの言葉も思い出される。つまり本書後半の四つの章において述べられる、カフカの書くという営みの裏面である彼の闘病生活は、まさにそれと同じく目立たず、つつましく経過していったことを、ハッカーミュラー氏の淡々とした語り口の中に、読者は一種の感慨をもって受け取らずにはいられない。そしてまた、オーストリア人であるハッカーミュラー氏が綴る言葉の中には、自国の三つのサナトリウム、病院におけるカフカの闘病生活の間に、同病の患者仲間、あるいは医師たちのうち誰ひとりとして、この外面的には目立たない「普通」の病人のうちに潜むまことに非凡なもの、フランツ・ヴェルフェルの言い方を借りれば、「彼が『王の使者』であること」に気づく者はなかったという事実、自国の人たちのこの不明への彼女の密かな恥、そして怒りの感情が、抑制のきいた語り方の中にもはっきりと読み取れるのである。そのことが、上述の感慨を、一層ふかいものにしているように思われる。

そしてここには、カフカとは違って、その闘病のあり方、治療の過程において「非凡」であり目立った同病者たちがいたことが、多くの資料に基づき丹念に綴られている。これらの人々のエピソードには、カフカとの対照において実に印象的で興味深いものがある。

まず第一は、ウィーンのハイエック病院の患者シュランメルである。カフカの隣のベッドにいて、彼よりも一ヶ月半ほど早く死んだシュランメルは、働き盛りで子沢山の貧しい職人で、晴天の霹靂の如くにこの病に襲われた。カフカとこの隣人のもっとも対照的な点は、後者の死に対するあまりに楽観的な無防備さにある。二度の気管切開の後も、「いつも楽しげで食欲もあり」、あまつさえ、四〇度近い熱があっても、また「喉に細い管」をつけたまま平気で歩きまわるこの男の意識は、生来の頑健な体質のゆえか、生活の貧しさのゆえか、あるいは無知のせいか、最後の瞬間に至るまで、死の予感、恐怖に捕らわれることはおそらくなかったのである。だがそのように、死に対してまるで赤児のように無垢な存在にも、死は容赦なく襲いかかる。その情景を、至近距離から、つぶさに見ていなければならなかったカフカの気持ちは、いかなるものであったろうか。あらゆるところに死の影が窺えるカフカの作品には、だが、ハッカーミユラー氏の言うとおり、予期されない死、突然の死というものは、滅多にないのである。カフカは、「シュランメルのために泣いた」と述べられており、また彼がこの病院にいたたまれなくなるのは、シュランメルの死による衝撃がもっとも大きい理由だったのである。シュランメルの場合も、肺からの二次感染による喉頭結核がその死因であった。

一方、ホフマン・サナトリウムの「看板娘」、男爵令嬢ヘンリエッテ・ヴァルトシュテッテン・ティッペラーは、シュランメルとはまた別の意味で、カフカとは対照的な存在である。彼女は、とっくに医師に見放された病状にありながら、あらゆる困難、障害を排して食物を摂取することにより、ついには「死を出し抜いた」サナトリウムの名物女性患者である。「吐き気」や「腹痛」を抑えて食物を摂り、日に必ず一キロの体重の増加を見た彼女は、その食べるということへの固い決意において、ちょうどこの頃、カフカがその校正刷りを手にしていた『断食芸人』の断食への決意との対比において面白いものがある。

食物をめぐる二つのこの断固たる決意は、一方が生死を超越した境地へ飛翔することへの執念により成り立ち、それゆえに、断食という多少グロテスクな行為であろうとも、「芸人」(＝芸術家)とよばれるにふさわしいものがそこにはあるのに対して、他方ヘンリエッテの場合は、残り物の「キュウリサラダを八人分も」その腹に詰め込む、といったほとんど見せ物まがいの行為をなしながら、生への根強い執念がまさにその原因であるゆえに、「芸」とよばれるものとはもっとも遠い領域に存在するものということになる。つまり、ある点で相似的に見えるこのふたつの執念は、その質においてまさに正反対のものであり、似て非なるものである。おそらく通常の生の立場からすれば、断食芸人のグロテスクな執念より、「生きようとする意志の模範例」とも言うべき男爵令嬢の執念に軍配が上がるであろう。だがカフカ的な世界での執念のあり方は、まさしく前者である。この意味で、『断食芸人』の校正刷りを手にした友が、喉頭の障害ゆえに物語の主人公と同じく「ほとんど飢え死にしそうな身体状況にあることを『本当に不気味だ』」とローベルトが感じたのは、まことに暗示的である。

ホフマン・サナトリウムでは、ドーラの看護のもとに自室にこもっていたカフカは、ヘンリエッテの存在を多分個人的には知らなかったのであろう。臨終間近のカフカの所へ、有名なマックス・ブロートが来たと聞いて、ヘンリエッテは、「初めてカフカに興味を覚えた」と、著者は多少のアイロニーをこめて書いている。カフカとヘンリエッテ——ともに非凡なエネルギーを秘めた存在であった。だが、そのふり向け方のなんという相違であろうか。

さてサナトリウム・ホフマンの大部分の患者は、ほとんど回復の見込みのない段階にあり、そのことを、彼ら自身知っていたが、しかし「彼らは死のことなど真面目に受け取っていないかの様子をし」、そして「死を嘲る詩を書いたり、茶化したりしていた」という。まさに『魔の山』の世界である。実際本書を読んで痛切に感じられることは、特効薬のなかった当時、人工気胸法、臥床療法、あるいは〈五つのL〉等、さまざまな試みがなされようとも、結核に対する本来的に有効な医学的な処置はなかったのだということである。カフカについても、オーストリアの三つの療養所におけるその都度のカフカの病状と、それに対する医者の処置が、事細かく丁寧に述べられるのだが、それにより、むしろあらゆる医学的な処置の基本的な無力を改めて確認させられるばかりである、といっても言い過ぎではないと思われる。その時々の発熱や体調の変化、喉の痛み具合に、医者たちは素早く熱心に対応するのだが、結局彼らがすること、あるいは出来ることは、「喉頭上等神経へのアルコール注入」あるいはパントポン、モルヒネの投与、つまり患者の痛み、苦しみを緩和することであり、それ以外の治療とよべるものはなされ得ないということが分かる。

このような情況の中にあって病と闘ってきたカフカの態度は、だが、既述の「死を真面目に受け取ろうとしない」この療養所の一般的な雰囲気とは異なっている。シュランメルとは対照的に、長年死の観念に慣れ親しみ、かつそれと戯れてきたカフカではあるが、恋人ドーラの献身的な看護のもとに、この期に及んでその「生への意志は、以前のいつにも増して強かった」のである。実に痛ましい、皮肉なめぐりあわせである。ウィーンから駆けつけたチャスニー教授が、診察後にカフカの喉は少し良くなっていると思われる、と告げたとき、「彼は、喜びのあまり、ドーラの首に抱きつき、彼女を何度も何度も抱きしめ」、そして「彼女に、今ほど自分は健康と生を望んだことはないと語った。」死に瀕した病人カフカの、一筋の希望に寄せるこの驚くほど率直で、かつ素朴な喜びの表現にはまことに心を打たれるものがある。このことは、渇きに悩むみずからを切り花に託して彼が語った「なんと不思議なことでしょう、あのリラは、死にかけながらも、まだ水をむさぼるように吸っています、死にかけているものが、水を吸うなどということは、普通は起こらない」という言葉とともに、カフカとその作品のもつある側面を思い出させる。つまりカフカ自身に、そしてその作品に見られる彼のきわめて厳しいペシミスティックな世界認識の背後に感じられる救済への一筋の希望、「皇帝の使者」を待ち望む精神の緊張と柔軟さといったものである。それはたとえば、カフカがヤノーホに向かって語った以下のような言葉の中に、また色濃く読み取れるものである。

「私は待ち、そして見つめています。恩寵は来るかも知れない、また来ないかも知れない。この安らかな不安の期待が、すでにその前触れ、あるいは恩寵そのものかも知れないのです。私には分からない。しかし分からぬということは私を不安にしない。私は時が経つにつれて、私の無知と友情を結んだのです。」

不眠、覚醒、カフカの作品

カフカは本書にも触れられているように、若い頃から不眠に悩んでいた。彼は、書くことを守るため、さまざまの外的障害と闘わねばならず、マルト・ロベールの言うように、「過労、不眠症、神経のすり減らし、精神的な拷問はこういった状態の帰結」であった。不眠は彼の身体を衰弱させ、病を亢進させた原因の一つであることは、言うまでもない。

だが一九一一年一〇月彼は日記に「この不眠は、ぼくが書くということから来ていると思う」と記している。彼の場合、つまり「このような連続性において、このように魂と身体を完全に開いてのみ」書くということが成立するカフカの場合、不眠は、書くことそのものにも由来していると思われる。なぜなら書くこと、即ち彼の文学は、彼に不眠を、目覚めていることを要求するからである。

カフカ自身、ヤノーホに向かって、「文学は覚醒です」と述べているが、文学は覚醒であるということは文学を志したカフカの中に当初からその核心としてあったことと思える。たとえば初期の短編集『観察』の中の一編「街道の子どもたち」には以下のような場面がある。

そこでは、村の子どもたちの田園での遊びが、草いきれが感じられるような一種濃厚な調子で語られるのだが、夜が来て、少年たちがそれぞれの家をめざして散って行った後で、主人公の「ぼく」だけは、家に向かわず、ひとり「南の町」を目指して駆け出していく。そしてその町の人々について、村では以下のように語られている、というのである。


「そこにはね、考えてもみてごらん、眠らない人たちが住んでいるんだ！」

「いったいなぜ眠らないんだ？」

「疲れないからさ」

「なんで疲れないの」

「馬鹿だからさ」

「馬鹿は疲れないの？」

「馬鹿が疲れるものか！」


まことに意味深長なやりとりである。眠らない人たち、馬鹿、疲れないというつながりを探っていけば、様々なことが考えられそうである。だがここでは、少年が、前半の遊びの場面に窺える親の庇護の下にあった天国的な生を断ち切って、向かっていく「南の町」とは、文学を志す人々の住む都会のことである、という確認にとどめておく。そしてこの人々は「眠らない」。眠らないこと、即ち覚醒が、ここで既に文学と結びつけられているのである。

また同じく初期の作品で全体が一四行ほどの「夜」も、以上の関連において見ると興味深い作品である。

ここでは、冷たい大地の寒空の下で、たくさんの人々がぐっすりと眠っている真夜中に、たき火の傍らで一人の男だけが起きている。そして眠っている人々について、「彼らが、家の中で眠っている、堅固な屋根の下の堅固なベッドの中で、布団の上に身を延ばし、あるいは丸くなって、シーツにくるまれ、掛け布団をかけて眠っている、というのは、ちょっとした芝居、無邪気な自己欺瞞である」と語られるのである。実際は彼らは、「かつてそうであったように、また後にそうなるであろうように、荒涼たる地に集まっていた」、そこの冷たい大地に「身を投げ出し、額を腕に押しつけ、顔を地面に伏して安らかに眠っている」のである。そして「なぜお前は起きているのか。ひとりは起きていなければならない、とされているからだ。ひとりは、そこにいなければならないからだ」という言葉で、話しは終わっている。

万人が甘い夢を見ながら安らかに眠っている夜に、目の前に広がる荒野を見つめながら、起きていなければならないこの「ひとり」とは、まさにカフカにとっての書く人、詩人のイメージに他ならない。そして「ひとりはそこにいなければならない」という結びの言葉には、身の周りの荒涼、あらゆる危険の可能性にも拘らず、安らかに眠る人々、つまりいわば酔生夢死の一生をおくる人々の間にあって、この荒涼、危険にまともに向かい合い、それを見つめながら起きている人、覚醒の人である書く人の使命に対する若いカフカの密かな自負の念さえ窺えるのではないか。

では、その覚醒とは、作品に即して言えば何を意味するのか。アレクサンドル・ヴィアラットは、カフカの「作品が奇怪であるとすれば、それは深さによってそうなのである。というのも彼はわれわれが認識していると習慣的に信じている諸事物を彼自身の視覚から見るからであり、またわれわれが認識しない諸事物をわれわれに明かすからである」と述べている。つまりカフカの作品を読むことは、彼によれば、われわれに認識の変容と拡大をもたらすことなのである。言い換えれば、それは世界に対するわれわれの新しい目覚めをもたらすこととなる。カフカの文学が覚醒をもたらすということは、したがって、それが世界についての新たな認識をわれわれにしいるということを意味する。カフカは、一九一三年六月の日記に「ぼくの頭の中にある驚くべき世界。だがどうやってぼく自身とその世界を、引き裂いてしまうことなく、解放すべきなのか。その世界を、ぼくの中に引き止めたり、埋葬してしまうならば、引き裂いた方が何千倍もましだ」と記している。それは、目に見える世界、日常的な脈絡で連なっている世界を、「いたるところから包み込む見えざる意味」を包摂している。そしてそれゆえに、まさに驚くべき世界なのである。

つまりカフカの作品において、新たな目覚め、認識の変容と拡大は、通常の意識の限界を突き破った形で求められる。その世界においては、従って、人々は、そして諸事物は、通常の意識の統制の範囲を遙かに超えて、互いに関連しあい、活動するので、そこではあたかも夢の世界の法則が支配しているかの感を与える。つまり、新たな目覚めは、ここでは、あたかも一見夢の世界へと入っていくという逆転した形をとって行われるのである。この点において、『変身』の書き出しは象徴的である。つまり「ある朝不安な夢から目覚めると、グレゴール・ザムザはベッドの中で、自分が恐ろしい毒虫に変身しているのに気がついた」のである。カフカにおける覚醒は、このように、悪夢よりももっと悪夢的な現実、この世界が本質的にもつ悪夢、あるいは不思議への目覚めなのである。だから当然のことながら、マルト・ロベールの指摘どおり、カフカの文学における夢、あるいは夢的なものは、「夢という名称からひとが出会えるものとつねに大なり小なり期待するような、魅惑的な幻想性とは無縁」なのである。それは夢であっても、甘い夢を見させ、人を眠り込ませる夢ではなく、限りなく覚醒させる夢である。あるいは別の言い方をすれば、カフカは、現実の二重、三重にもあざなわれたしたたかさ、人間の意識の限界を遙かに越えて得体が知れず、多様な世界を形象化するための方法として、夢のやり方を用いた、ということである。あらゆ常識、既成概念、習慣から自由であり、それゆえあらゆる可能性に対して開かれたその世界は、『審判』のグルーバッハ夫人が言うとおり「まったく何が起こるか分からない」世界であり、『田舎医者』の中で、厩の中にいるはずのない馬を見出したこの家の女中が言うように「自分自身の家の中でさえ何を貯えているのか分からない」世界である。

このような世界においては、時間も一方向の進み方をしない。そこでは、現在の事物の中に「太古」が、いくつも顔を出すのである。たとえばベンヤミンは、カフカの小説に数多く登場する動物たちは、人間の「祖先の世界」であり、「忘れ去られた世界を保存する倉庫」である、という。意識の狭く弱い光の下では、人間と動物は截然と区別される別の存在であるが、その光の及ばぬ広大な領域では、何億年もの進化の過程を経ながらも、人間はなお動物をその背に負った存在なのであり、『審判』の中の弁護士秘書レーヴィ嬢の手にある水掻きが示すようにその痕跡を身に帯びているのである。あるいは、かつてアレキサンダー大王の軍馬であり、今では「戦いの轟音からは遠く離れ、静かな灯りの下で法律書を読みふける」という生活をおくる新弁護士ブーツェファルス博士、しかし彼が裁判所の大理石の階段をきびきびと駆け上がっていくと、その後ろ姿を、競馬場の常連客である廷丁は、「専門家の眼差しで」じっと見送るのである。人間の奥底に消し難く潜む野生の片鱗を、これほど強烈に感じさせる一文も珍しいと思われる。

実際カフカにおいては、人間と動物は結局は通底しているのである。ヨーロッパからの旅行者である「わたし」にこっそりと話しかけてくるジャッカル、研究にいそしむ犬、巣穴づくりをするモグラ、これら人間の言葉を話す奇妙な動物たちは、マルト・ロベールの指摘どおり、「動物と人間の二重の本性を両有している。」つまりこれらは動物でありながら、人間であり、人間でありながら動物なのである。それゆえに、『アカデミーへの報告』において、五年前に猿から人間になった赤面ペーターが「今あえて、そのものずばりで申し上げると、皆様方が猿の生活といったものをかつて経てこられたとして、それから皆様方が遠ざかっていられると同じほど、私も、自分の過去からはなれているのです」と語るとき、それは諧謔であるとともに、実はそのままでこの一編の作品における真実をうち鳴らしているのである。つまりわれわれは、赤面ペーターと同じほどに人間であるが、また彼と同じほどに猿でもある、ということを。

このように、カフカの世界には、われわれの意識がとうの昔に捨て去ったもの、忘却の彼方に押しやってしまったもの、あるいは断ち切ったはずのものが、蘇ってくる。というのは、世界は、カフカにとって表面的には見えないこれらのものも含んで成り立っているからなのである。そしてそのように世界を言葉によって形象化すること、マルト・ロベールの言い方によれば、「外観のむこうに何があるかを……明らかにし、かつ世界からその見せかけを剥ぎとること」は、カフカの意識と感覚に対して、絶え間なく目覚めていることを要求したのである。書くことへの抑えがたい欲求、絶えざる覚醒、不眠、そして病という一連の経過は、以上のように考えると、カフカの作品の質そのものに由来する一種の必然であったとも言えるかも知れない。

二〇〇三年五月

平野七濤

著者：ロートラウト・ハッカーミュラー（Rotraut Hackermüller）
1943年ウィーン生まれ。教師、詩人、小説家、エッセイスト。著作『貴婦人の手に接吻を』（ロダ・ロダ伝記シリーズ）他。オーストリア・ペンクラブ会員。

訳者：平野七濤（ひらの・ななみ）
1942年東京生まれ。東京大学大学院独語独文学博士課程中退、ドイツ文学専攻。現在、上越教育大学に勤務。

病者カフカ――最期の日々の記録

2003年5月20日 初版第1刷印刷
2003年5月30日 初版第1刷発行

著　者　ロートラウト・ハッカーミュラー
訳　者　平野七濤
装　丁　イクノグラフィア
発行者　森下紀夫
発行所　論　創　社
〒101－0051　東京都千代田区神田神保町2－19
電話 03（3264）5254　振替口座 00160－1－155266
組版　ワニプラン／印刷・製本　中央精版印刷
ISBN4-8460-0402-3